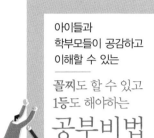

아이들과
학부모들이 공감하고
이해할 수 있는

꼴찌도 할 수 있고
1등도 해야하는
공부비법

꼴찌도 할 수 있고 1등도 해야하는 공부비법

초판인쇄	2020년 03월 16일
초판발행	2020년 03월 20일
지은이	이장욱
발행인	조현수
펴낸곳	도서출판 프로방스
마케팅	이동호
IT 마케팅	신성웅
디자인 디렉터	오종국 Design CREO
ADD	경기도 고양시 일산동구 백석2동 1301-2 넥스빌오피스텔 704호
전화	031-925-5366~7
팩스	031-925-5368
이메일	provence70@naver.com
등록번호	제2016-000126호
등록	2016년 06월 23일
ISBN	979-11-6480-042-1-03810

정가 15,000원

아이들과
학부모들이 공감하고
이해할 수 있는

꼴찌도 할 수 있고
1등도 해야하는

공부비법

이장욱 지음

ዋ 프로빙스

"한 줄기 빛이 되길 바라고 답답한 체증이 해소되는
기회와 경험을 제공하는 장(場)이 되길 소망한다"

공부는 왜 할까? 어떻게 하면 공부를 잘할 수 있을까? 필자 또한
공부를 잘하고 싶었다. 초등학교 때는 매우 잘한다는 이야기를 많이
들었지만, 중학교 때는 조금 잘하는 정도였고 고등학교 때는 그저
그랬다. 열심히는 했지만, 성과를 내지 못했고 답답하고 속상했던
기억이 난다.

누군가가 내 이야기를 들어줄 사람이 있기를 원했다. 내가 공부를
어떻게 하면 효과적으로 할 수 있는지 알려주고 길잡이가 되어줄 지
혜자가 필요했다. 이 답답하게 막힌 문의 열쇠를 누군가가 어디에
있는지 알려주거나 비밀번호로 잠긴 문의 답을 풀 수 있도록 공식을
가르쳐줄 사람이 필요했다. 그렇게 혼자 시행착오를 겪으며 대학생
이 되고 성인이 되었으며 사회로 나왔다.

20대 후반에 교육 컨설턴트가 되기 위해 훈련을 받고 12년간 연구하며 멘토링과 강의, 컨설팅 등을 병행하며 진행해보니 내린 결론이 있다. 그 이야기를 뒤에 차근차근 이 책의 독자들에게 전해주고자 한다.

여러분이 시간을 잠시만 내어서 구글링을 하거나 검색창에 '공부 잘하는 방법', '공부를 하는 이유' 등을 쓰면 수많은 사람의 답과 기사, 글, 동영상을 볼 수가 있을 것이다. 그중에서 과연 나의 가려운 부분을 시원하게 긁어줄 수 있는 것은 무엇이며, 내 아픈 부분을 바르게 진단하고 알맞은 치료법을 제시해 줄 사람은 누구인지 알 수가 없다. 그런 것을 하나하나 보고 있으려니 도리어 답답함이 가중되거나 쓸데없는 것에 시간을 보내고 있다고 핀잔을 듣거나 훈계를 들을 수도 있을 것이다. 그래서 바라는 것은 이 책의 독자가 공부에 대해 고민하고 있고 답답해하던 부분이 해소되고 공부로 인해 생긴 고민과 의문, 굳게 닫힌 문을 여는 힘과 기술이 생기길 바란다.

공부뿐만 아니라 무엇인가를 뛰어나게 잘하기 위해서는 엄청나게 위대하고 뛰어난 기술과 방법도 필요하겠지만 그 전에 준비되어야 하는 것이 있다. 그것은 아주 당연하고 쉬운 것 같아서 많은 사람이 간과하고 그냥 넘어가는 경우가 많지만, 세상의 어느 한 분야에서 성과를 내고 자신의 비전을 성취하며 나아가 사회에 이로움까지 주는 사람들은 앞에서 말한 '그것'을 대단히 잘 준비했고 놓치지 않았다는 것을 우리는 깨달아야 한다. 이 '그것'은 바로 '기초'이며 '기본'이다. 이 책에서는 이 '기초'와 '기본'에 대해 다룰 것이다. 그것을 이미 알고 있다거나 너무나 쉬운 것이라고 무시하며 지나쳐 버리지 않길 바란다.

이 책은 '공부의 땅 다지기 – 공부하는 이유의 씨앗 심기 – 공부를 잘하는 뿌리 내리기 – 공부를 잘하는 줄기 뻗치기 – 공부를 잘해서 열매 맺기'라는 5개의 장으로 이루어져 있다. 땅이 비옥하지 못하면 씨앗을 심어도 자라지 못하고 땅에 거름이 많아도 씨앗이 썩었다면 뿌리는 내리지 못한다. 씨앗이 뿌리를 내려도 그 뿌리는 땅속 깊숙이 골고루 내려야 하며 줄기는 곧게 뻗어야 한다. 그런 다음에 탐스럽고 풍요로운 열매를 맺고 거둘 수가 있다.

이 책의 독자가 각자 자신의 공부에 대한 마음 상태와 실천 행동을 점검하고 그에 대한 답을 찾길 바란다. 한 줄기 빛이 되길 바라고 답답한 체증이 해소되는 기회와 경험을 제공하는 장(場)이 되길 소망한다. 마지막으로 정성을 다해 책을 출판해 주신 프로방스 · 더 로드 조현수 대표님에게 감사의 뜻을 표한다. 늘 격려와 사랑으로 응원해 주는 아내 진숙이와 항상 기쁨과 행복감을 만끽하게 해주는 아들 효엘이에게, 신앙의 유산을 물려주시고 주님께 충성하시는 어머니와 매일 밤낮으로 기도의 단을 쌓으시는 장모님께, 그리고 이 모든 환경과 사람들을 만나게 해주신 하나님께 감사를 드린다.

2020. 2 봄을 기다리며...

저자 **이장욱**

"공부의 성과를 낼 수 있는 실행력을 갖추게 되는 기회가 되길 바랍니다"

01 | 대한민국의 수많은 아이와 학부모들은 공부를 잘해도, 못해 도 고민과 걱정을 하고 있습니다. 1등을 하는 아이도, 꼴등을 하는 아이도 공부에 관해 각자 걱정을 합니다. 아이들을 가르쳤고 또 아 이들을 가르칠 교사들을 양성시키는 교육자로서 바라고 원하는 많은 것 중 한 가지는 가르침을 받은 아이들이 무엇인가를 알았을 때, 깨달음을 얻었을 때 기쁨과 희열을 순간순간 경험하며 그것으로 인해 그다음의 배 움과 앎에 대해 기대하는 것입니다. 그 공부가 결국엔 즐거움이 되고 행 복감이 되도록 하는 것입니다.

사실 공부는 앎을 통해 되는, 머릿속에 내용이 쌓이는 지식적 축적의 의 미도 있지만 한 걸음 더 지적으로 전진하고, 한 뼘 더 성장하였다는 사실 로 인하여 즐거움과 만족, 보람, 감동 등의 감정을 느끼게 하는 목적과 이 유가 매우 큽니다.

얼마 전 어느 한 가정에서 아버지의 "너만 공부를 잘하면 우리 가족 모두 가 행복할 텐데"라는 말을 들은 아들 A 군이 "그럼 나만 없으면 행복하시 겠네요."라는 말을 하고 모두가 보는 앞에서 투신하여 자살했다는 뉴스를 본 적이 있습니다. 그리고 우리는 매년 학업에 대한 부담과 성적에 대한 스트레스로 인해 자살하는 아이들의 소식을 접한 적이 많습니다. 결국, 교육자로서 아이들에게 바라는 것은 아이들이 누리는 삶이 행복하고 자신과 주위 사람들을 사랑하며 그 사랑을 베풀고 전하는 삶을 누리는 것입니다. 그것을 이루는 데 있어 공부는 걸림돌이나 저해요소가 아니라 디딤돌이 되고 행복감을 주는 요소가 되게 하는 것입니다.

학업성취도 1위의 핀란드는 학생들이 학업에 대한 흥미도가 높고 학생의 지적 호기심과 자율적으로 연구하는 태도가 굉장히 좋습니다. 학교에 가는 것을 행복해하고 공교육의 장소가 행복감을 주는 지적공간이자 놀이의 공간입니다. 그러나 우리나라는 학교 교육에 적응하지 못하고 공부에 대한 스트레스로 인해 매년 5만 명 이상이 학교를 떠난다고 하는데, 한 사람 한 사람의 작은 시도와 노력 등이 모여 행복감을 느끼는 아이들이 하나씩 둘씩 늘어가는 것이 바람이자 소망입니다.

이 책의 저자는 12년 동안 공교육 현장과 사교육 자리에서 강의로, 소그룹 멘토링으로, 1 대 1 컨설팅으로, 상담으로, 다양한 방법과 노하우로 아이들을 만나왔습니다. 공부는 왜 해야 하는지, 공부는 어떻게 해야 하는지에 대해 아이들이 공감하고 이해할 수 있도록 이 책을 썼으며 학부모들에게도 경종(警鐘)의 울림을 전달하고자 합니다. 아무쪼록 이 책을 통해 공부의 참 의미를 찾고 알게 되며 공부의 의미와 자신만의 진실한 가치를 찾아, 공부의 성과를 낼 수 있는 실행력을 갖추게 되는 기회가 되길 바랍니다. 그리고 이 책이 그러한 길잡이가 되고 안내서가 될 것입니다.

대한민국의 아이들과 학부모, 선생님 모두가 공부로 인해 감동을 경험하고 행복하며 기쁨을 누리는 날이 오길 바라고 그러한 날을 꿈꾸는 모두에게 필독을 권해드립니다.

이명주(공주교육대학교 교수)

02 | 많은 공부법 책이 나왔지만, 이 책의 강점은 옆집 아저씨나 학교 담임선생님 같은 저자의 소박하고 담담한 노력, 시행착오, 성공의 경험이 '나도 한번 해보면 되겠다.' 라는 마음을 갖게 해준다.? 현장에 있는 교사로서 학생들의 자기주도학습능력 향상은 상담과 수업의 중요한 테마인데, 혼자 공부할 수 있는 동기와 방법을 기본부터 상세히 알려주며, 특히 매 장의 마지막 부분에 질문에 답하면서 학생들이 직접 활동해 볼 수 있는 워크북 형식을 도입한 것이 좋았다. 담임교사로서 창의적 체험활동시간이나 학급자치활동시간에 주요 부분을 읽어주면서 학생과 활동하고, 토론하고 발표할 기회를 제공하면 유용하게 사용할 수 있을 것이다.

김진웅(동탄중학교 영어교사)

03 | 모든 인간은 기본적으로 백지상태에서 시작한다. 그 백지에 어떠한 구도로 스케치를 하고, 색깔을 입혀 그리느냐에 따라 그림의 유형과 성격이 결정된다. 누구도 결정된 위치에서 시작할 수 없다. 공부도 마찬가지. 이 책에서 저자는 공부의 목적과 목표를 이루는 방

법을 인간의 자연스러운 변화를 전제로 하여 그 방법론적 설명을 쉽게 해준다. 행동의 변화는 정신과 가치의 변화가 우선이다. 공부도 같은 맥락이다. 결국엔 그것은 꿈의 성취라는 열매로 이어진다. 이 책을 통해 독자들이 저자가 설명하는 공부의 왕도를 통하여, 넓은 안목으로 꿈과 목표라는 열매를 거둘 수 있는 계기가 되길 바란다.

김용극(연세대학교 卒, 연세대학교 대학원 신학과 조직·문화신학전공 석사과정)

04 | 왜? 라는 질문은 세상을 구축하는 원동력이다. 인간은 끊임없이 의미를 찾아내고, 답을 찾아내고, 흐름을 창조한다. 이유 모를 맹목적인 공부는 강요가 되고 고역이 된다. 하지만 왜? 라는 질문에 대답을 내릴 수 있는 공부는 삶을 살아가는 방식이 된다. 저자는 단순히 공부 잘하는 '방법' 을 열거하는데 그치지 않는다. 공부의 의미, 마음가짐과 태도, 궁극적으로는 꿈과 내면에 대해서까지 고민해보게 한다. 학생들에게나 어른들에게나 삶을 알차게 채우고 싶은 모두에게 도움이 될 만한 교훈과 지혜들이 있다. 인생을 발전시키고 싶은 사람이라면 꼭 읽어봐야 할 책이다

정순규(고려대학교 생명과학부 卒, 前수학강사, 웹툰·이모티콘 작가,

〈다른 사람 신경쓰지 않는 연습〉의 저자)

Contents | 차례

PART | 제5장
05 | 공부를 잘해서 열매 맺기

PART

01

—

공부의 땅 다지기

01 공부 좀 해! VS 공부 왜 해야 하는데요?

"우리가 해야 할 일은 끊임없이 호기심을 갖고 새로운 생각을 시험해보고 새로운 인상을 받는 것이다."

-월터 페이터-

　대한민국 학부모에게 가장 큰 자랑거리는 자기 아들, 딸이 공부를 잘하는 것이다. 성적이 좋은 아들, 딸의 부모는 어깨에 힘이 들어간다. 더 큰 자랑이 있다면 "저는 우리 아들한테 공부하란 소리 한 번도 한 적이 없어요. 근데 이렇게 성적이 좋네요."라는 자랑이다. 시중에 나와 있는 공부를 잘했다는 사람들, 그리고 자녀들을 성공적으로 좋은 대학에 입학시켰다는 부모들이 쓴 책들을 보면 엄마가 공부를 강요하거나 시켰더니 공부를 잘하게 되었다고 말하거나 쓴 사람은 없다. 잔소리한 부모도 없고, 잔소리를 듣고 잘하게 된 학생들도 없다고 한다. 그러나 대한민국의 그러한 학부모와 학생들이 얼마나 될까? 정말 그렇게 한 것이 자랑이고 잘한 양육이며 행동일까? 충분히 칭찬반을 만한 행동이고 본이 되는 양육이지만 지금까지 아이에게 잔소리하고, 좋다는 학원에 억지로 보내고 또 그 잔소리를 들어가며 그런 학원에 다니면서 공부를 한 학생들은 마음이 어떨까? 이 글을 쓰는 나도 부모님의 잔소리를 들으며 자랐고, 부모님은 공부를 해야 하는 수백 가지 이유를 대시며 공부하라는 말씀을 하셨다.

필자가 교육 회사에서 근무할 때 십중팔구 아이들은 엄마의 손에 끌려왔다. 엄마들은 말한다. "우리 아이가 스스로 공부를 했으면 좋겠어요.", "공부하라는 말을 해도 잘 듣지 않아요." (아빠가 아이를 데리고 오는 경우가 간혹 있기도 함) 아이가 스스로 공부를 잘하고 싶어서 온 경우는 거의 없었다. (※자발적으로 찾아온 학생은 고등학교 2학년 1명 있었다.)

지금 필자의 아들은 아직 학교도 다니지 않지만 간단한 숫자를 더하고 글 읽기를 할 때, 엄청난 씨름을 한다. 어린 아들의 팽팽한 논리와 설득으로 인해 지칠 때도 있다. 계속 강요하는 엄마와 아빠, 이리저리 피해 다니는 아들이 우리 가족의 하루 중 한 풍경이다. 그렇게 하다 보면 어떻게든 공부를 한 글자라도 하게 된다. 그렇다면 강요하는 우리 부부는 나쁜 부모인가? 틀린 부모인가? 부모들이 바라고 또 원하며, 더욱 확실한 것은 이렇게 해서라도 자녀가 점차 좋아지기를 바란다는 점이다.

점점 아이가 커가면서 팽팽한 대립을 하며 평행선의 대화를 한다.

"공부 좀 해.", "오늘 공부 다 했어?"라고 하는 부모와 "다 했어요."라는 대답을 이어가다 어느 순간 "공부 왜 해야 하는데요?"라고 대답이 바뀌게 되고 언젠가부터는 더 이상의 말이 통하지 않는다. 부모들은 말한다. "우리 아들이 예전엔 착했는데 이제는 말을 안 들어요.", "어렸을 때는 잘했는데 지금은 공부를 안 해요. 어쩌면 좋죠?" 등 하소연하는 부모들이 많다. 현시대의 좋은 엄마는 공부하라는 말을 안 하는 엄마이고 착한 아들, 자랑하고 싶은 딸은 공부하라는 말을 안 들어도 공부를 잘하는 아들과 딸이다.

인터넷에 돌아다니는 엄마들이 하는 학년별 잔소리가 있다.

학 년	잔소리 내용
초등학교 1학년	"이제 초등학교 들어갔으니 공부 열심히 해야지?"
초등학교 2학년	"이제 후배도 생겼으니까 열심히 공부해야지?"
초등학교 3학년	"이제 1년만 있으면 고학년이야. 빨리 공부해!"
초등학교 4학년	"이제 고학년이니까 더 열심히 공부해라!"
초등학교 5학년	"이제 1년만 있으면 6학년이다. 얼른 공부하렴."
초등학교 6학년	"이제 1년만 있으면 중학교에 가! 빨리 방에서 공부해."
중학교 1학년	"이제 중학생이니까 초등학교 때 보다 열심히 하렴."
중학교 2학년	"이제 1년만 있으면 중3이네? 게임 그만하고 공부해."
중학교 3학년	"정신이 있니? 없니? 1년만 있으면 고등학교 가는 애가?"

고등학교 1학년	"말 안 해도 알지? 고등학교는 내신이 중요하단다."
고등학교 2학년	"곧 고3이다. 정신이 있으면 빨리 공부해라."
고등학교 3학년	"고3은 공부하라고 있는 거야. 얼른 공부해라."

잔소리란, 쓸데없이 자질구레한 말을 늘어놓는 말이고, 필요 이상으로 듣기 싫게 꾸짖거나 참견한다는 말이다. 대학생이 되거나 성인이 되면 잔소리를 안 듣게 될까? 아니다.

대학생 782명 대상으로 조사한 바에 따르면 명절에 대학생들이 가장 듣기 싫은 잔소리 BEST5가 있다.

1위 좋은데 취업해야지 (44.9%)

2위 졸업하면 뭐 할 거니? (14.3%)

3위 애인은 있니? (10.1%)

4위 우리 애는 장학금 탔잖아 (9.2%)

5위 살 좀 빼렴 (8.3%)

30대들도 듣기 싫은 잔소리가 있다.

1위 결혼 생각해야지 (64.3%)

2위 애인 만들어야지 (11.3%)

3위 돈 많이 벌어야지 (5.6%)

4위 살 좀 빼야지 (5.6%)

5위 부모에게 효도해야지 (4.5%)

(소셜데이팅 '이츄' 대상 미혼남녀 1,343명)

　

부모님이 자녀에게 갖은 관심은 끊이지 않는다. 그 어떤 형태로든 말을 한다. 그것이 공부든, 연애든, 결혼이든, 취업이든……. 그런 말을 하지 않도록 자녀가 행동으로 옮기면 좋겠지만, 말처럼 그 일이 어디 쉬운가. 부모님은 말로든, 행동으로든 자신들이 자녀들을 향해 갖는 관심을 표현할 수밖에 없다. 그러면 자녀들은 어떻게 해야 할까? 우선, 그 말을 잘 들어야 한다. 들을 수밖에 없다. 듣는 '내'가 잘 받아넘겨야 한다. 새길 말은 새기고 흘릴 말은 흘려야 한다. 잔소리는 말하는 사람의 탓이 아니라 듣는 사람에게 책임이 있다.

　

더 큰 문제는 두 가지가 있는데, 첫 번째는 "공부 좀 해!"라는 잔소리를 듣기 전에 아이들은 아직 왜 공부해야 하는지에 대해 그 이유도 모르고, 두 번째는 그 물음에 대해 답을 못 찾았다는 것이다. 선생님이나 어른들이 말하는 공부의 이유는 와 닿지 않는다. 좋은 대학? 대기업 취직? 박사? 아이들 눈에는 주위에 공부를 잘하는 사람도 걱정이 많고 공부를 잘했어도 취업을 못 하는 사람들이 눈에 띈다.

자! 여기서 중요한 질문. 필자는 학교 등에서 강의를 할 때 아래와 같은 질문을 아이들에게 한다.

질문 : "공부는 왜 해야 할까요?" 그리고 아래와 같은 보기를 준다.

① 엄마가 시켜서
② 어느 순간 보니 학교도 가고, 학원도 가서 공부하는 자신을 발견함
③ 지금 앞, 뒤, 옆에 있는 애들 다 하고 있는데 나만 안 하면 이상하니까
④ (공부를 딱히 잘하는 건 아니지만) 그렇다고 딱히 지금 공부 말고 다른 것을 할 줄 아는 것도 아니므로
⑤ 공부를 열심히 하면 훌륭한 사람이 될 수 있으니까

①부터 ⑤까지 드문드문 아이들이 손을 든다. 다양하게 있다. 그런데 쭈뼛쭈뼛 주위 친구들의 눈치를 보면서 손을 들까 말까 한다. '이게 나한테 맞는 것도 같고…', '나만 그렇게 생각하는 게 아닌가', '이게 나한테 맞는 답인데 정확한 답은 아닌 거 같고' 등. 확실한 것은 공부를 왜 하는지에 대한 확실한 답이 본인에게 없는데 지금, 현재는 아이들 자신이 공부하고 있다는 사실이다. 지금도 학교에서 공

부하고 학원도 가고 인강도 듣고 과외를 받는 등 공부라는 명목하에 이 '하고', '가고', '듣고', '받고'의 굴레 안에 있는 아이들이 정말 많다. 그런데도 부모는 수시로 자녀에게 말한다. "공부 좀 해!" 아들과 딸이 대답한다. "공부요? 할 거예요. 하긴 할 건데, 그 공부를 왜 해야 하는지 그 이유를 저는 아직 잘 모르겠다고요."

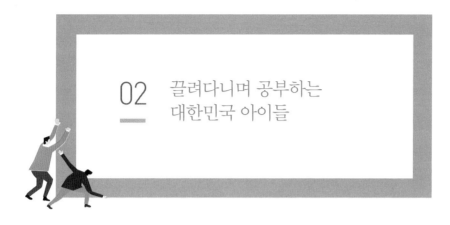

02 끌려다니며 공부하는 대한민국 아이들

"우리는 누구에게 그 어떤 것도 가르쳐 줄 수 없다. 단지 스스로 자신 안에서 그것을 발견하도록 도울 수 있을 뿐이다."

-갈릴레오 갈릴레이-

"대한민국 아이들은 공부를 잘한다. OECD에서 평가하는 학업성취도 평가를 보면 한국은 늘 상위권이다. 수학 1위, 읽기 1~2위, 과학은 2~4위이다. 하지만 대한민국 아이들은 공부하는 시간도 세계 1위이다. 내면에서는 수학을 꺼리고 있다. 학습 동기나 흥미 등은 평균을 밑돈다. 1위를 번갈아 하는 핀란드는 주 4.5시간이고 한국은 10.4시간이다." (머니투데이, 한국 학생 수학 실력 OECD 1위…"흥미도는 꼴찌 수준" 2013.12.03)

"이 시간은 순수 자신이 스스로 공부하는 시간으로 채워져 있는 것이 아니다. 더구나 우리나라 1인당 사교육비는 월 29만 1,000원으로 6년 연속 증가세를 이어간다. 총규모는 19조 5,000억 원이다. 월평균 소득 800

만 원 이상 가구의 월평균 사교육비는 50만 5,000원이지만, 200만 원 미만 가구는 9만 9,000원으로 5.1배 차이가 났다." (한국일보 사설, 사교육비 역대 최고치 기록. 문재인 정부 대책 있기는 한가 2019.03.13)

(필자는 월 29만 1,000원이 어떻게 나왔는지 궁금하다. 실제로는 이것의 몇 배는 되겠다.) 한국 아이들은 공부하는 시간은 많은데 그 시간은 대부분 누군가로부터 '배우는 시간'이다. 대한민국 아이 중에 자기 스스로 공부를 누가 10시간이나 할까?

대한민국 입시제도를 비판하는 사람도 많다. 바꿀 수 있느냐? 바꾸기 어렵다. 확 바뀌지 않는다. 아시아권 대부분의 나라에는 상위권 대학이 있고 입학을 하기 위해 불철주야 공부를 하는 학생들이 대단히 많다. 중국, 일본, 인도 등은 우리나라보다 더 치열한 입시제도를 가지고 있고 엄청난 경쟁률을 뚫기 위해 공부를 한다. 한국에선 SKY 대학이 가장 경쟁이 치열하고 많은 학생들과 학부모가 원하는 학교이기도 하다. 중국도 대한민국의 대학수학능력시험 같은 '가오카오'라는 시험을 보며 매년 약 900만 명이 넘는 학생들이 이 시험에 응시한다. 칭화대학교는 세계 컴퓨터 과학 분야 세계 1위이고 베이징대학교는 중국에서 손꼽히는 대학교이다. 2019년 인도는 시험 때 커닝 페이퍼를 전달하기 위해 학부모나 친지들이 건물의 벽들

타고 넘어 다니는 사진이 인터넷에서 뉴스로 나와 화제가 되었었다. 시험을 통과한 후 상위 학교로 진학해야 하고 그래야 또 상위권 대학에 진학을 할 수 있으므로 이러한 일들이 생기는 것이다.

2009년 tvN 롤러코스터 부모·자식 탐구생활 자녀교육 편을 보면 웃픈 내용이 나온다. 요즘도 별반 다르지 않다.

「엄마 탐구 편」이다. 자식을 위해 이사를 세 번이나 한 맹모의 후예인 엄마가 차로 아이를 태워 옮겨요. 자식의 강의가 끝나길 기다리며 엄마도 엄마의 시험을 공부해요. 공부 내용은 학원 정보, 과외 정보, 족집게 선생님의 정보 등이에요. 집 팔고 전세로 살아도 좋아요. 허리가 휘어도 죽지는 않아요. 아이의 유리한 스펙을 위해 없는 것도 짜내야 해요. 이렇게 하는 이유가 있어요. **첫 번째**, 내 아이는 천재예요. 젖떼기도 전에 '엄마'를 말했어요. 천재를 제대로 교육해야 해요. **두 번째**, 좋은 학군으로만 가면 일류대로 갈 수 있어요. 미래를 위해 좋은 학군의 초등학교로 전학을 해요. **세 번째**, 좋은 대학을 가면 의사, 판사, 대기업 입사는 시간문제예요. 해외여행은 촌스럽고 크루즈 세계여행을 해줄 수 있을 거니까 걱정 없어요.

하지만 현실은 달라요. 천재인 줄 알았던 자녀보다 똑똑한 아이들이 주위에 엄청 많아요. 자식은 방과 후 친구들과 떡볶이를 먹고 축구도 하고 싶지만, 엄마가 말해요. "정신 차려! 5년만 있으면 너도 중학생이야." 영어로만 말해야 하는 학원을 가요. 한글도 모르는데 영어로만 말하래요. 뭐가 뭔지 정신이 하나도 없어요. 긴장되고 정신이 없어서 오줌이 마려운데 "화장실 가도 되나요?"라는 말이 영어로 생각이 안 나요. 이 영어학원이 끝나면 신나는 체육 교실, 재밌는 음악 교실이 남아 있어요. 엄마는 나중을 위해 지금 힘듦을 참아야 한대요. 그런데 자식은 나중보다 현재 행복을 느끼고 싶어요. 중학생이 되었어요. 차 안에서 도시락을 먹어요. 유치원 다닐 때부터 해왔던 거라 아주 능숙해요. 새벽까지 공부하고 집에 돌아왔는데 엄마가 또 전학을 준비하고 있어요. 지금 다니는 학교도 6개월도 안 된 학교에요. 친구도 지금 막 사귀었는데 옮기기 싫어요. 고등학생이 된 아이가 사립 고등학교를 입학했지만, 성적이 그다지 좋지 않아요. 담임선생님은 이 성적으로는 서울에 있는 대학을 가기 어렵다고 해요. 집에 새로운 과외 선생님이 왔어요. 족집게 선생님이래요. 아빠는 자식 학원 보내기 힘들데요. 요즘 늦게 들어오시는 이유가 아르바이트를 통해 돈을 더 버시느라 계속 늦게 들어오는 거였어요. 엄마는 수도나 전기를 끊지 학원을 끊지 못한다고 해요. 성인이 되었어요. 그래도 엄마의 잔소리, 걱정, 간섭 3종 세트는 여전해요. 엄마가 면접전략, 학점관리, 토익점수, 인턴경력, 해외연수 자료를 조사해왔어요. 엄마는 여전히 넌 똑똑하니 걱정하지 말래요. 계속 취업은 실패에요. 겨우 취업을 하고 결혼을 하니 엄마 얼굴 볼 겨를도 없어요.

지금 사는 집도 결혼 후 엄마가 얻어주신 집이에요. 엄마를 보기는 해요. 아이를 맡기기 위해서요.」

10년 전 내용인데 지금도 그다지 다를 것이 없다. 나도 보면서 내 어렸을 적 이야기를 하는 것 같은 느낌을 받았다. 학부모 강의 때 이 영상을 보여주면 대부분 공감하면서도 마음 한편 찔림(?)을 받는 학부모도 많았다.

확실한 것은 사람들은 누군가로부터 시킴을 받으면 긍정보다는 부정적인 감정이 든다. 어른이든 아이든 그것이 공부가 아니어도 시키면 하기 싫어진다. 더군다나 대한민국 중·고등학생 2명 중 1명은 '학교를 그만두고 싶다.' 라고 한다.

"우리나라 중·고등학생들은 학업 스트레스와 강압적인 교내 문화를 가장 큰 스트레스 요인으로 생각하고 있는 것으로 나타났다. 촛불 청소년 인권법제정연대는 1일 서울 중구 레이첼카슨홀에서 지난달 전국 중·고 등학생 2,871명을 대상으로 학생 인권 실태조사를 시행한 결과 이같이 나타났다고 발표했다. 조사 결과 응답자의 47.3%가 최근 1년간 '학교를 그만두고 싶다.' 라는 생각을 한 적이 있다고 응답했다. 학생들은 그 이유로 성적에 대한 스트레스나 공부의 어려움(74.6%)이라고 가장 많이 답했으며, 그다음으로는 진로나 미래에 대한 불안(63.3%), 학습으로 인한 휴식

시간의 부족(46.8%) 등의 순으로 꼽았다."(연합뉴스 2019.11.01)

끌려다니면서 공부하고 심지어 여행도 소풍도 끌려다니면서 하는 아이들이다. 공부에 대한, 학업에 대한 스트레스가 가장 큰 아이들이다. 이 아이들이 먼저 가져야 할 마음과 의지는 '누가 시켜서, 강제적으로, 어쩔 수 없이 하게 되었다.' 라는 마음을 갖지 않게 하는 것이다. 자기 스스로가 공부의 의미와 공부하는 이유를 알아야 한다. 공부의 목적을 찾고 목표를 정할 때 스스로 생각하고 설정할 수 있도록 시간과 생각의 장이 보장되어야 한다. 그 시간을 주고 그 장을 열어주어야 한다.

어른들이 생각하는 것과는 다르게 아이들은 끌려다니지 않고 스스로 이유를 찾고 답을 구하는 즉, '생각하는 힘' 이 있고 그 힘 또한 세다. 그런 기회와 여유가 없어서 그렇지, 그것을 할 수 있는 능력이 잠재되어 있다. 그리고 나는 그렇게 믿고 있다. 자, 그럼 이 책을 읽는 독자는 끌려다니면서 하는 공부, 누군가 시켜서 하는 공부에서 벗어날 준비가 되었는가?

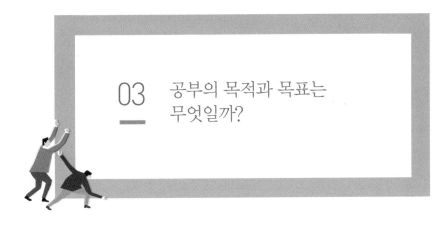

03   공부의 목적과 목표는
무엇일까?

"목적이 그르면 언제든 실패할 것이요, 목적이 옳다면 언제든 성공할 것이다."

-안창호-

목적과 목표의 차이점을 아는가? 목적의 사전적 정의는 실현하려고 하는 일이나 나아가는 방향을 뜻한다. 영어로는 'Purpose' 이다. 목표의 사전적 정의는 어떤 목적을 이루려고 지향하는 실제적 대상으로 삼거나 그 대상이다. 또는 '도달해야 할 곳을 목적으로 삼음' 또는 '목적으로 삼아 도달해야 할 곳' 을 의미한다. 영어로는 'Goal' 이다. 비슷하면서도 다른 점이 있다. 쉽게 설명하면 목적은 하려는 이유를 뜻하고 목표는 이루고자 하는 결과물을 의미한다.

공부하는 이유는 무엇이고 공부를 통해 달성하고자 하는 목표는 무엇인가? 흔히 학부모나 선생님들이 말하는 공부의 이유와 목표가 충분히 아이들에게 설득이 되고 와 닿았다면 말 안 해도 답이 바로 나오겠지만 그렇지 않기 때문에 부모와 자녀 사이에 "공부를 해라"와 "왜요?"라는 평행선 대화가 계속 이어진다.

도대체, 그렇다면 공부는 왜 하고, 공부를 잘해서 이루고자 하는 결과는 무엇일까? 이 글을 쓰는 나조차도 20대 후반까지 확신의 답을 찾지 못했다. 20대 후반이 되어서야 본격적으로 고민했고 자료를 찾고 가르치고 만나는 아이들에게 생각해보도록 했다. 확실한 건 공부를 하는 이유는 무엇이며 공부를 통해 이루고자 하는 결과, 목표를 누구도 100% 만족스럽게 가르쳐줄 수 없다는 것이다. 이 100%는 아이들 스스로가, 스스로 질문을 하는 사람이 찾고 달성하는 것이다. 이 질문에 대한 대답을 부모님, 선생님, 책, 미디어, 유튜브 등에서 알려주더라도 아이들이 어떻게 받아들이느냐와 자기 생각으로 채우느냐가 관건이다.

필자는 아직도 누구나 이해하고 납득할 수 있는 공부의 목적과 목표를 찾고 있다. 그동안 치열하게 고민하고 찾은 이유 중 많이 공감하고 뇌와 마음에 울림을 주는 자료와 답변을 몇 가지 소개한다.

대성마이맥의 수학을 가르치는 신민우 강사는 서울과학고와 서울대를 나온 스타강사다. 그는 공부하는 이유에 대해서 노골적으로 이야기를 했다. 공부는 대학을 가기 위해서 한다. 대학을 가면 이전과는 다르게 놀 수 있다. 여행도 가고, PC방도 실컷 가고, 노래방도 가고, 연애도 하는데 이런 모든 것들은 돈이 필요하다. 대학생들은 돈을 벌려면 아르바이트를 해야 하는데 힘든 아르바이트 말고 과외를 하면 돈을 많이 벌 수 있다고 했다. 특히, 중2 이하 과외를 하는 것이 좋다. 결국, 돈을 많이 주는 과외를 하려면 좋은 대학교를 다니고 있어야 한다. 그래서 돈을 벌고 이전과는 다르게 놀 수 있으므로 공부를 해야 한다고 말했다.

일본 드라마 리메이크작 중에서 MBC 고현정 주연의 『여왕의 교실』이라는 드라마가 방영된 적이 있다. 극 중에서 배우 김새론(김서현 역)이 선생님께 묻는다. "선생님께서는 돈을 벌고 출세를 하기 위해서 공부하는 건 의미 없다고 가르쳐주셨습니다. 그럼, 공부는 왜 해야 하는 건가요?" 고현정(마 선생 역)이 대답한다. "공부는 해야 하는 게 아니야, 공부는 하게 되는 거야. 공부는, 모든 인간이 가진 세상에 대한 순수한 호기심을 하나씩 풀어나가는 과정이야. 그러니 좋은 대학, 좋은 직장이 공부의 목적일 수 없어"라고 대답했다. 필자는 '돈을 벌고 출세하기 위해서 공부를 하는 건 아니다.'에 100% 동의하고 '순수한 호기심을 하나씩 풀어나가는 과정'이라는 말에 100%는 아니지만, 충분히 공감한다.

얼마 전 종영을 한 'SKY캐슬' 이란 드라마에서는 '공부할 때 누군가가 시켜서라도 하게 되면 높은 자리에 올라가게 되는데 나중에는 그 자리를 지키기 위해 그것을 하게 된다.' 라고 나왔다. 공부하는 이유가 개인적으로 다 있어야 한다. 보다 명확하게 찾은 답은 공부의 목적과 목표는 각자 개인마다 다르다는 것이다. 그것을 누가 주입해서 알려주기보다는 스스로 찾아야 한다. 그것이 어떤 이유가 되었든 본인 스스로 찾아야 공부를 하게 된다고 했다.

필자가 찾은 답은 무엇이 공부의 목적이든, 목표든 각자가 다 '다르다.' 라는 것이다. 그러면서 필자가 찾은 확실한 답이 있는데 그것은 '공부는 평생 해야 한다.' 라는 것이다. 태어나서부터 죽을 때까지 해야 하는 것이 공부이다. 대학교만 입학하면 끝이라는 거짓말을 믿지 마라. 대학교의 전공은 정말 내가 하고 싶은 공부를 시작하는 단계이다. 어렸을 때부터 인간은 자신이 의도했던, 의도하지 않았던 무언가 배우고 익히는 과정을 끊임없이 하며 산다.

성공회대학교의 故신영복 교수는 "공부는 망치로 합니다. 갇혀 있는 생각의 틀을 깨뜨리는 것입니다." 라고 했다.

「다른 사람 신경 쓰지 않는 연습」이란 책을 쓰고 학원에서 아이들을 수년간 가르쳐 온 정순규 선생님은 가르치는 아이에게 "공부가 유일한 길이라서 가르치는 것이 아니다. 단지 공부는 하나의 연습일 뿐이다. 언제 찾아올지 모르는 그 무언가의 기회를 잡을 수 있는 연습, 끈기를 기르는 연습, 집중하는 연습, 생각하는 연습, 기타 등등의 연습… 공부가 정말 중요한 이유는 공부 그 자체가 중요해서라기보다 그 과정에서 얻어가는 것들 때문이다. 생각하는 법, 창의성, 끈기. 이런 것들이 무얼 하든 다 도움이 된다."라고 했다.

앞서 이야기를 했지만, 어느 순간 보니 공부를 하는 자신을 발견했을 것이다. '어? 공부 왜 해야 하지?' 라는 생각을 하면서 동시에 주위를 보니 자신의 친구도 학교에 가고 학원도 가고 공부를 한다. 엄마도 공부하라고 시킨다. 학교 선생님, 학원 선생님도 계속 우리에게 공부를 가르친다. 교실에서 내 앞에 옆에 뒤에 있는 친구들도 그정도가 다를 뿐이지 다 공부를 한다. 더군다나 현실을 자세히 들여다보면 내가 공부를 잘하는 건 아니지만 그것 말고 딱히 할 줄 아는 것도 없다.

공부의 목적과 목표를 찾기 위해서는 공부란 말의 사전적 정의를 제대로 하는 것도 도움이 된다. 공부(工夫)란, 장인 공+사내 부를 합친 말이다. 중국에서는 공부(功夫)는 '쿵후' 라는 말과 연관이 깊은데 힘 력 '力' 자가 추가된 한자를 쓴다. 중국에서는 심신 수양을 하는 것이 공부라고 말한다. 일본에서는 공부란, '발명하거나 무언가를 연구한다.' 라는 의미를 담고 있다. 네이버 어학 사전에는 '학문이나 기술을 배우고 익힌다.' 라고 나온다.

장인은 쇳덩어리 하나를 가지고 엄청난 망치질을 통해 두드리고 물에 식혀서 날카롭고 단단한 칼을 만든다. 끊임없이 땀 흘리고 공을 들여서 만든다. 이렇듯이 공부는 쇳덩이를 칼로 만드는 것처럼 꾸준히 해야 한다. 또한, 공부라는 말은 사전적 정의에서 '본 바와 같이 배우고 익힌다.' 라는 학습(學習)이란 말과 연관이 깊다. 이 배우고 익히는 과정이 올바르게 합쳐져야 참된 공부라 할 수 있다. 시간을 들여서 갈고닦으며 평생에 걸쳐서 하는 것이 공부이다.

SBS '생활의 달인' 이란 프로그램에서 '떡볶이의 달인' 편을 본 적이 있다. 전주에서 떡볶이 가게를 운영하는 39년 경력의 이 할머니는 그만의 비법이 있다. 그런데 이런 비법이 거저 나온 것이 아니다. 할머니의 딸은 "엄마는 쉬는 날이면 가게 앞 도서관을 찾아 서적을 읽으며 떡볶이 공부를 한다." 라고 말했다. 맛에 관한 다양한 책을 읽으며 지금도 떡볶이에 관한 연구를 늦추지 않는다고 했다. 그리고 직접 연필로 쓴 손때 묻은 레시피 책들과 메모 가득한 노트는 그동안의 노력이 어느 정도였는지 미루어 짐작해 보게 한다. 이미 달인으로 인정받고 전국에서 사 먹으러 오는 떡볶이 가게를 운영하지만,

이 할머니는 지금도 공부를 게을리하지 않는다는 것이다.

사람마다 공부하는 이유가 다 각기 다르다. 누구는 칭찬을 받기 위해서 한다. 어떤 대학생은 장학금을 받기 위해서 한다. 누구는 주위로부터 인정을 받기 위해서 한다. 체인지 그라운드의 신영준 박사는 '소통을 위해서', '생존을 위해서', '즐거움을 위해서', '나눔을 위해서' 한다고 한다. EBS 지식 E 채널 『왜 공부하냐고요?』라는 영상을 보면 많은 장애인들은 "부모님으로부터 독립하기 위해서 한다."라고 하고, "그럼 질문하시는 분은 왜 사세요?"라고 반문하기도 한다. EBS 지식 E 채널 『그들이 공부하는 이유』라는 영상에선 70세 넘은 할머니, 80세 넘은 어르신들은 공부하는 이유가 "한 글자라도 아는 것이 재미가 있어서"라고 한다.

자, 스스로 물어보라. 나는 왜 공부를 하는가? 내가 공부를 하는 목적과 이유는 무엇인가? 그리고 공부를 통해 내가 이루고자 하는 목표는 무엇인가? 지금부터 고민해보자. 그런데 고민하면서 동시에 공부는 하자. 왜냐하면, 공부는 태어나서부터 죽기 직전까지 해야 하는 것이기 때문에 지금 이 순간에도 해야 한다. 우리는 태어나면서부터 무언가를 배우고 또 익힌다. 방금까지도 무엇인가를 배우고 익혔다. 이 과정이 대학교 들어가면 끝이 날까? 아니다. 대학교를 졸업하고 어딘가 취업을 하면 끝이 날까? 입사해서 어느 정도 직급이 올라가면? 은퇴하면? 아니다. 사람은 무언가를 배우고 익히는 이 과정을 죽기 직전까지 한다. 그러므로 공부를 하는 의미와 이유에 대해 고민하고 그 답을 찾는 노력을 하면서도 동시에 공부는 해야 한다.

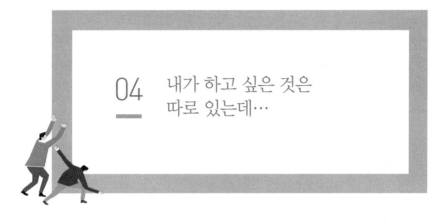

04   내가 하고 싶은 것은
따로 있는데…

"어떤 분야에서든 유능해지고 성공하기 위해선 세 가지가 필요하다. 타고난 천성과 공부 그리고 부단한 노력이 그것이다."

-헨리 워드 비처-

지금 이 책을 읽는 네가 하고 싶은 것이 무엇인가? 인생을 살면서 이루고자 하는 것은 무엇인가? 12년 전에 자기주도학습이라는 말을 처음 듣고 내용을 배우고 연구하던 중 '과연 나는 뭘 하면서 사는 것이 의미가 있고 행복할까?'라는 고민을 많이 했다. '나는 무엇을 하고 싶고 또 나를 만나는 아이들은 무엇을 하면서 살고 싶을까?'에 대한 고민도 했다. 지금도 계속한다. 아이들을 만나면서 확실하게 알게 된 사실은, 아이들은 지금 배우는 국어, 영어, 수학, 사회, 과학 등은 나중에 자신이 하고 싶은 것과의 연관성을 모르겠다는 것이다. 흔히들 하는 생각과 고민이다. '나는 한국어를 잘하는데 왜 국어를 공부해야 하나요?', '나는 외국에 안 나가고 필요하면 통역을 쓸 건데 영어공부를 왜 해야 하나요?', '계산기도 있고 구구단만 알면 사는데 지장 없는데 어려운 수학은 왜 공부해요?', '사회는요?', '과학은요?'

자, 그렇다면 극단적으로 접근해보자. 학생으로서 학교 공부를 안한다면 과연 무엇을 하고 싶은가? 무엇을 잘할 수 있는가? 자신의 능력과 재능을 계발할 수 있는 분야를 확실하고 명확하게 알고 있는가? 만약 그러한 분야가 있고 사회에 나가 자립할 수도 있고 자신의 가치를 증명할 수 있는 자신이 있다면 당당히 그것을 하라. 학교 울타리를 벗어나 자신이 사회에 나가 자신 있게 내세울 수 있는 것이 있다면 나가서 그것을 해라. 하지만 기억하라. 그것조차도 배우고 익히는 '학습'을 통해, '공부'를 통해 이루어져야만 하고 그것을 통해야만 가능하다.

'지금 배우고 있는 과목들이 내가 앞으로의 삶을 사는 데 필요할까?', '도대체 어떻게 적용될 것인가?' 라는 의구심을 갖기 전에 내가 이 학교의 공부와 과목 등에 하기 싫은 이유를 대며 회피하는 것은 아닌지 자문해보라.

이솝우화 가운데 「여우와 신 포도」라는 이야기가 있다. 어느 날,

여우 한 마리가 길을 가다가 높은 가지에 매달린 포도를 보았다. "참 맛있겠다."라며 여우는 포도를 먹고 싶어서 펄쩍 뛰었다. 하지만 포도가 너무 높이 달려있어서 여우의 발에 닿지 않았다. 여우는 다시 한 번 힘껏 뛰어 보았다. 그러나 여전히 포도에 발이 닿지 않았다. 여러 차례 있는 힘을 다해 뛰어 보았지만 번번이 실패했다. 여우는 결국 포도를 따 먹지 못하고 돌아가야 했다. 돌아가면서 여우가 말했다. "저 포도는 너무 시어서 맛이 없을 거야." 처음에 여우는 '그 포도가 맛있을 것'이라고 생각했다. 그러나 포도를 따 먹을 수 없게 되자 원래 가졌던 믿음을 버렸다. 인지 부조화를 해결하기 위해 포도를 따기 어렵다는 현실을 인정하는 대신, 신 포도라서 손에 넣을 가치가 없다는 핑계로 자신을 스스로 속인 것이다.

혹시 내가 시도한 약간의 노력과 애씀이 학교에서 배우는 과목에 통하지 않는다는 이유로 여우와 같이 핑계를 대고 있는 것은 아닌가? 어쩌면 이 과목들이 효율적인가, 실용성이 있는가? 라는 질문을 하기 전에 우리가 가져야 할 마음가짐은 '내게 주어진 현실의 과업이라면 피하지 않는 것'이 아닐까?

필자는 초등학교 때는 공부를 곧잘 하는 편이었다. 반에서 손에 꼽히는 정도였고 학년 때마다 부반장과 반장(필자 학창시절엔 회장이 아니라 반장이라고 함)을 하였다. 당시 학급 후보를 정할 때는 성적순으로 정하였다. 하지만 성적은 중학교, 고등학교를 올라갈수록 떨어졌다.

하지만 필자가 학창시절을 다소 아쉬워하는 마음을 갖는 이유는 당시 공부를 열심히 하고 안 하고를 떠나서 '학교 공부를 내가 내 것으로 소화해 보겠다.' 라는 의지와 마음을 더 갖지 않았다는 점이다. 해야 하는 이유와 하려는 의지를 갖기보다는 피해 갈 이유와 회피할 근거를 찾아다니며 합리화시키려는 태도를 보였던 점은 좀 아쉽다.

내가 하고 싶고 내가 좋아하는 일에 대한 노력을 기울이기 위해서는 약간의 어려움과 스트레스를 극복할 수 있는 심적인 힘과 내공이 있어야 한다. 필자는 현재 원하는 일을 하고 있고 좋아하는 일을 하고 있지만, 마냥 즐겁고 행복하기만 한 것은 아니다. 부수적으로 따라오는 어려움과 스트레스가 있다. 하지만 이것을 피할 수는 없다. 거쳐야 할 과정이다. 내가 원하고 좋아하는 일을 하면서 이것을 더욱 발전시키고 업그레이드를 시키기 위해서는 내면의 힘과 내공이 강하고 단련되어 있어야 하는데, 이것은 내가 어려워도 극복하고 힘들어도 참아낸 경험에서 비롯된다.

아기들은 빠르면 생후 1년이 되기 전에 걷거나 보통 1년 후에는 아장아장 걷기 시작한다. 그런데 신기한 것은 많이 넘어진 아기가 빨리 걷고 잘 걷는다. 넘어져 본 아기가 '이렇게 힘을 주고 저렇게 균형을 잡으면 걸을 수 있겠다.' 라는 것을 스스로 안 것이다. 넘어지면 아프니까 넘어지지 않도록 온몸에 힘을 주고 조심조심 걷기 시작한다.

지금 하는 공부가 다소 어렵거나 그 필요성을 못 느끼더라도 극복하라. 넘어서라. 자신을 더욱 큰 사람이 되기 위한 자양분으로 삼아라. 하지 않으려는 이유와 근거를 찾기보다 이것을 해야 하고 할 수 있는 이유와 근거를 찾아라. 그 생각에 따라 나의 행동을 적극적으로 옮기는 것이 중요하다. 앞서 말했지만, 사람은 평생 공부를 해야 하는 존재이다. 혹시 주변에 어른들은 공부를 안 하는 것처럼 보이는가? 공부하지 않는 사람은 정지된 것이며 시간이 흐를수록 사회가 발전할수록 결국 뒤처지게 된다.

학교 공부에는 과목마다 목적과 추구하는 가치가 있다. 국어의 목적은 언어사용기능의 신장과 언어를 통해 사람들과 올바르게 소통하고 표현할 수 있는 사람을 추구한다. 수학은 수와 법칙을 이용해서 수로 나타나는 만물의 질서를 이해하고 활용하는 사람을 만든다. 이러한 과목별 목적과 가치를 충분히 동의하고 공감하면 좋겠지만 그렇지 않더라도 지금 내가 배우는 공부는 열심히 해보자.

고대 그리스의 시인인 에우리피데스는 "젊었을 때 배움을 게을리한 사람은 과거를 상실하며 미래도 없다."라고 말했다. 사람은 공부를 통해 자신이 게을러지지 않도록 자신을 스스로 단련하고 성장시켜야 한다. 훗날 내가 하고 싶은 일을 하고 싶다면 그것을 더 잘하고 그것을 풍성하게 하도록 다가오는 문제와 스트레스를 극복할 수 있는 내면의 힘을 키우라. 그 내면의 힘을 키우기 위해서 지금 내가 하는 공부를 최선을 다해서 하는 것이 필요하다. 이것을 극복하며 이겨내며 달성해내는 연습과 훈련이 내가 좋아하는 일을 더욱 잘하게 하고 더 신나게 할 수 있는 바탕과 밑그림이 된다.

과목 공부와 하고 싶은 일이 일치될 수도 있겠지만 그렇지 않더라도 학교 과목 중에 내가 좋아하는 일과 관심이 있는 분야가 있을 것이다. 없다면 찾아야 한다. (이 내용은 2장에서 다룸) 고민해서 찾으면 그런 일은 누구에게나 한 가지 이상 반드시 있다. 그 분야에서, 그 좋아하는 일의 가치를 높여가기 위해 지금 하는 공부를 열심히 하자.

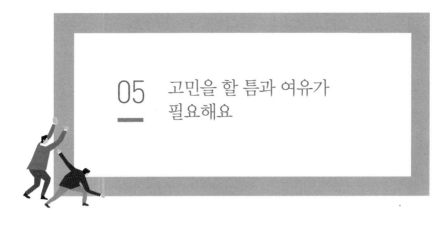

05 고민을 할 틈과 여유가
필요해요

"길을 떠나기 전, 여행자는 여행에서 달성할 목적과 동기가 있어야 한다."

―조지 산타야나―

우리가 잘 알고 있는 속담에 '콩 심은 데 콩 나고 팥 심은 데 팥 난다.'라는 말이 있다. '심은 대로 거둔다.'라는 말도 있다. 수박씨를 심으면 수박이 열리고, 사과씨를 심으면 사과가 열린다는 말이다. 성경 갈라디아서 6장 7절에도 보면 '…사람이 무엇으로 심든지 그대로 거두리라.'라는 말씀이 있다. 불교에서는 인과응보(因果應報)라는 말이 있는데 좋은 일에는 좋은 결과(結果)가, 나쁜 일에는 나쁜 결과(結果)가 따른다는 말이다. 즉 원인이 있어야 결과가 있고 모든 결과에는 원인이 있다는 말이다.

농사를 지을 때 보면 씨앗을 심기 전에 하는 것이 있다. 심기 전에 먼저 해야 할 일은 땅을 기름지게 하는 것이다. 보통 텃밭을 만들 때

작물을 심기 1~3주 전에는 땅에 밑거름을 골고루 뿌려 흙과 잘 섞어 줘야 한다. 즉, 땅이 좋아야 씨앗이 잘 심어지고 잘 자라날 수 있다는 것이다. 씨앗이 잘 심어지고 자라나는 땅이 되도록 하는 것이 공부에서는 스스로 공부를 하는 이유를 깊이 고민하고 생각하여 스스로 답을 찾는 행동들이다. 내가 생각한 이유와 그 답을 씨앗으로 심어야 내가 원하고 바라는 목표를 열매로 거둘 수가 있다.

학생들은 어느 순간에 보니까 공부를 하고 있고 학교와 학원에 다니고 있는 자신을 발견한다. 내가 원하지도 의도하지도 않았는데 공부를 하고 있다. 공부를 안 하면 혼나거나 강요를 받거나 한다. 주위에 친구들도 다 공부를 하고 동생도 형, 누나, 언니, 오빠들도 다 하고 있다. 그런데 아이들은 아직 공부를 통해 이루고자 하는 목표와 열매를 잘 모른다. 왜냐하면, 그 시작이 모호하기 때문이다. 원인이 뚜렷하지 않기 때문이다. 공부를 해야 하는 시작점과 이유를 찾아서 확고하게 해야 열심을 내거나 행동으로 옮길 수 있는데 아직 그 원인과 시작점을 찾지 못했다. 어렸을 때는 큰 문제가 없다. 여러 가지 보상이나 설득, 칭찬, 기타의 강화물 등으로 공부를 시킬 수도 있고 또 새로운 것을 알아가는 재미도 있다. 이때는 엄마, 아빠가 칭찬도 잘해준다. 한글을 처음 배울 때는 길거리를 가다가도 간판을 읽는 것이 재밌다. 눈에 보이지 않던 그림으로만 모양으로만 보이던 글자들이 눈에 들어오는 것이 신기하다. 하지만 점점 더 많아지는 공부의 양과 왜 해야 하는지에 대한 해답도 모르고 어느 정도 시간이 흘렀을 때는 마음속에 답답함이 생겨나 있다.

'중2병' 이란 말이 있다. 중학교 2학년 나이 또래의 청소년들이 사춘기 자아 형성 과정에서 겪는 혼란이나 불만과 같은 심리적 상태, 또는 그로 말미암은 반항과 일탈 행위를 일컫는다. 중2병(中二病: 추니뵤)은 1999년 일본 배우 이주인 히카루(伊集院光)가 라디오 프로그램에서 처음 사용했다고 알려졌다. 흔히 청소년기를 일러 '질풍노도의 시기' 라 하는데, 이는 중2병의 원조라 보아도 될 것이다. 또 중2병은 전 세계적인 현상이다. (네이버 지식백과, 중2병 '트렌드 지식 사전 2013.08.05. 김환표')

중2병이나 사춘기를 겪는 청소년들에게 많은 변화가 일어나지만, 그중에서도 가장 대표적인 것은 인지적 변화이다. 즉, 생각이 많아지고 깊어진다는 말이다. 어렸을 때는 선생님의 가르침이나 부모님의 말씀이라면 다 수긍하고 설득이 되었는데, 이 시기가 되면 그 가르침과 말들이 아닌 것 같아서 "네" 라는 말보다 "왜요?" 라는 말을 더 많이 하게 된다. 왜냐하면, 속된 말로 머리가 커졌기 때문이다. 원인과 이유를 찾고자 하는 생각이 많아지고 깊어졌기 때문이다.

여기서 발생하는 문제점이 두 가지가 있다.

첫째는 주위에서 이러한 생각과 고민을 하는 틈을 주지 않는다는 것이고, 둘째는 청소년 스스로 깊이 생각하고 고민하는 자세가 부족하다는 것이다. 우선 생각과 고민을 할 틈을 주지 않는다. 심지어 "그런 생각을 할 시간에 한 글자라도 공부를 더 해라."라는 말을 듣는 경우도 많다. 하지만 충분히 스스로 고민하고 생각하는 시간을 보장해 주어야 한다. 몇 년 전에 큰 이슈가 되었고 지금도 진행되고 있는 '멍 때리기' 대회가 있다. 아무것도 안 하고 무의미하게 시간을 보내는 것이 아니라 다만 아무 반응이 없는 상태일 뿐이다. 머릿속으로는 생각에 생각이 꼬리를 물고 곰곰이 생각하고 고민을 한다고 볼 수 있다. 실제 아르키메데스는 목욕탕에서 자신이 물속에 들어가자 수위가 높아진다는 점에 주목했고, 왕관을 물속에 넣어 무게를 달아 보면 황금의 밀도를 측정할 수 있다는 사실을 깨달았다. 이 깨달음은 단순히 목욕했다고 깨달음을 얻게 된 것이 아니라 아르키메데스가 왕관의 성분을 녹여내지 않고 알아내는 방법에 대해서 고민을 하고 또 하다 얻게 된 깨달음이다. 지금 공부를 하는 학생들에게도 이러한 시간과 틈이 필요하다. 사춘기 시절에 자연스럽게 생겨나는 철학적인 질문, "사람들은 왜 살지?", "나는 누구일까?", "왜 공부를 해야 하지?"라는 고민과 생각에 대해서 답을 스스로 찾을 수 있도록 시간과 여유를 보장해 줘야 한다. 또 가져야 한다.

공부하는 학생들은 이러한 고민을 하게 되는 때가 왔을 때 이것에 대한 답을 찾으려는 노력을 안 하거나 그냥 무시해서 나와 상관없는 일이라고 치부해서는 안 된다. 물론, 이러한 질문에 대해 생각을 하고 고민을 하며 답을 찾는 생각을 하는 것이 쉬운 일은 아니다. 어쩌면 스트레스가 되기도 하고 골치가 아픈 일이 될 수도 있다. 하지만 이것이 스트레스이고 골치 아픈 일이라고 해서 안 하거나 그냥 넘겨서는 안 된다. 당장 눈에 보이는 쉬운 일만 하고 쉽게 떠오르는 생각만 하면 결코, 생각과 내면의 힘이 세지지 않는다. 계속해서 본인만의 답을 찾도록, 생각하는 힘이 길러지게 부단히 노력해야 한다. 치열하게 생각해야 한다. 물론 100% 만족스러운 답을 얻기는 어렵다. 왜냐하면, 이러한 물음에 대해서는 정답이 없기 때문이다. 내가 찾은 답이 나에게 있어 정답이다. 또 그 답을 찾기 위해 책을 읽거나, 인터넷으로 조사를 하거나, 미디어에서 접하거나, 주위 사람들로부터 답을 구하거나 하는 애씀은 절대 헛되지 않다는 사실을 알아야 한다. 그냥 생각을 안 하고 답을 찾으려는 노력 없이 이 과정을 나와는 상관이 없다고 넘겨버린다면 자신만의 원인과 이유를 찾지 못했기 때문에 '공부를 해야 한다.'라는 명제의 시작이 흔들리게 된다. 바탕이 튼튼하지 않게 된다. 씨앗을 심어야 하는 그 땅이 고르지 않고 씨앗을 심기에 좋은 땅이 되지 않는다는 것이다. 땅이 좋아야 씨앗이 잘 심어지고 땅에 있는 영양분을 씨앗이 흡수하여 싹이 되고 줄기가 되고 열매로 이어진다.

  이제 두 가지는 실천하자. 첫 번째는 답이 없는 질문에 대해 스스로 생각하고 고민할 수 있는 생각의 틈과 여유를 주는 것이고 두 번째는 학생들은 이러한 질문이 떠오른다면 자기 생각에 생각을 더 하고 고민을 하여 자신만의 답을 찾도록 하자. 대신 이것만 한다고 공부 자체를 게으르게 해서는 곤란하다. 앞서도 말했지만, 공부는 평생 하는 것이기 때문이다. 답을 찾으려는 노력은 하면서 공부는 계속해야 한다.

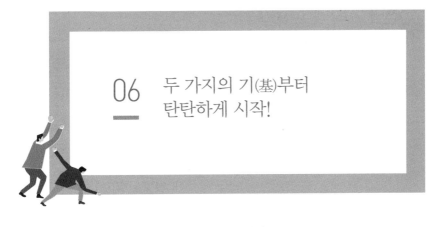

06 두 가지의 기(基)부터 탄탄하게 시작!

"모양이 바른데 그림자가 비뚤어질 수는 없다."

-열자-

시중의 서점에 가보면 공부를 잘하는 방법에 관한 책이 엄청 많다. 그리고 공부를 잘한 경험이 있거나 현재 명문 대학교를 다니거나 졸업한 사람들의 이야기로 채워진 공부법에 관련된 책도 정말 많다. 유튜버들도 많아졌다. 공부를 잘하고 싶은 사람들의 바람에 응답이라도 한 듯 서점에 가도 인터넷에도 유튜브에서도 금방 찾아볼 수 있다. 그런데 이 많은 공부를 잘하게 되고 확실히 성적을 올리는 방법과 엄청난 비법, 노하우를 접하기 전에 먼저 해야 할 것이 있다. 그것은 무엇일까?

DJ DOC라는 가수의 'DOC와 춤을'이라는 노래 가사는 이렇게 시작한다. '젓가락질 잘해야만 밥을 먹나요. 젓가락질 잘 못해도 밥 잘 먹어요.' 이 노래의 가수와 팬에게는 미안한데 필자는 이 노래 가사에 동의하지 않는다. 젓가락질을 잘해야 밥을 잘 먹을 수 있다. 젓가락질을 잘 못하면 음식을 잘 집지 못한다. 반찬을 들었다 놨다 하게 되고 음식을 흘릴 확률도 높아진다. 의도하지 않아도 같이 먹는 반찬을 자꾸 자기의 젓가락으로 휘젓게 된다. 젓가락을 잡는 기본 방법이 있다. 연필을 잡는 방법도 바른 방법이 있다. 이 자세와 방법을 따를 때 글씨를 바르게 쓸 수 있다. 중지에 연필을 받치고 엄지와 검지로 V자 모양이 되도록 잡는 것이 글씨를 쓰는 데 편하다. 바르게 글씨를 쓸 수 있다. 운동할 때도 마찬가지다. 농구를 예를 들면 처음부터 고급 기술인 크로스오버 드리블(공을 좌우로 번갈아 가며 바닥에 튕겨 수비수를 따돌리는 기술)이나 더블 클러치(공중에서 두 가지 동작을 취해서 수비수를 피해 골을 넣는 기술)부터 하지 않는다. 제자리에서 자세를 낮추고 한 손으로 일직선으로 공이 튀어 오르게 공을 보지 않고 하는 드리블부터 충분히 연습해야 한다. 레이업 슛도 마찬가지로 공을 가지고 오른발, 왼발 순으로 스텝을 밟고 공을 놓고 온다는 느낌으로 골인을 시키는 연습부터 한다.

미국 해군의 제독이었던 윌리엄 맥레이븐은 2011년 오사마 빈 라덴을 사살한 작전을 성공시킨 인물로 그 해 타임지 올해의 인물 후보에 올랐었다. 2014년 8월 미국 특수전 사령부 사령관직을 마지막으로 2015년 1월에 텍사스 대학교의 총장이 되었다. 그의 유명한 연설이 있다.

"세상을 변화시키고 싶으세요? 침대 정돈부터 똑바로 하세요. 매일 아침 침대 정돈을 한다면 여러분은 그날의 첫 번째 과업을 완수하게 되는 것입니다. 그것은 여러분에게 작은 뿌듯함을 줄 것입니다. 그리고 다음 과업을 수행할 용기를 줄 것입니다. 하루가 끝나면 완수된 과업의 수가 하나에서 여럿으로 쌓여있을 겁니다. 침대를 정돈하는 사소한 일이 인생에서 얼마나 중요한 역할을 하는지 보여줍니다. 여러분이 사소한 일을 제대로 해낼 수 없다면 큰 일 역시 절대, 해내지 못할 것입니다. 그리고 혹시, 비참한 하루를 보냈다면 여러분은 집에 돌아와 정돈된 침대를 보게 될 겁니다. 이것은 여러분에게 내일은 할 수 있다는 용기를 줄 것입니다."

2002년 월드컵 대한민국을 4강에 진출시킨 거스 히딩크 감독은 월드컵이 시작되기 전 별명이 '오대영'이었다. 평가전을 프랑스와 체코랑 했는데 5대0으로 연달아 지니까 그러한 별명이 생겨났다. 그런데도 그는 한국 축구의 기술이 유럽에 비교해서도 훌륭한 수준이라고 평가했으며 특히 양발잡이들이 많다는 점을 놀라워했다. 히딩크 감독은 2002년 초까지만 해도 뚜렷한 전술훈련도 없이 매일 체력훈련만 했다. 하지만 히딩크 감독은 기자회견을 할 때마다 "세계를 놀라게 하겠다."라고 했다. 그리고 실제로 대한민국은 상대방을 90분 내내 압박하는 체력을 겸비하였고 그것을 바탕으로 4강에 올랐다.

박항서 감독도 2017년부터 약체로 평가되던 베트남 국가대표팀과 U-23 대표팀 감독을 맡아 2018 아시아 축구연맹 U-23 챔피언십에서 준우승의 쾌거를 이룩하면서 베트남의 국민 영웅으로 떠올랐다. 그도 베트남 선수들에게 아침에 먹는 식사를 바꾸는 것부터 시작했다. 쌀국수를 먹는 것 대신 단백질 위주로 아침식사를 바꾸었다. 선수들의 체력과 체지방이 늘어났다. 선수들이 후반전까지 끊임없이 뛸 수 있는 체력과 근력이 생겨났다.

2017년 9월 23일 연합뉴스 기사에 보면 이낙연 전(前)국무총리는 한국장학재단이 경기 고양시 킨텍스에서 개최한 '2017년 차세대 리더 육성 멘토링 리더십 콘서트' 축사에서 "인사를 공손히 하고, 자신을 최대한 낮추고, 상대를 최대한 높이길 당부한다."라며 "이 세 가지만 지켜도 면접시험에서 80점은 먹고 들어간다."라고 말했다. 무슨 책을 보고 어떤 외국어를 공부하고 자격증을 준비하고 어떠한 경험을 하는 것을 제시하고 말하지 않았다. 그리고 그는 한국말에서 가장 중요한 뼈대 중의 하나는 '존경어 일치'라고 꼽았다. 이 총리는 "저와 함께 일하는 젊은 사람들이 저한테 야단을 가장 많이 강하게 맞을 때가 언제냐면 존경어가 틀린 문장을 써올 때다. 왜냐면 그 정도의 사람이면 다른 것은 볼 것도 없기 때문"이라고 말했다. 아주 특별하고 엄청난 방법과 자신의 경험담을 소개하지 않았다. 이 총리가 강조한 것은 아주 기초적이고 기본적인 '인사 잘하기', '겸손하기', '상대방을 높이기' 이 세 가지다.

이것이 기초(基礎)이고 기본(基本)이다. 공부할 때도 마찬가지이다. 기초(基礎)와 기본(基本)을 지켜야 한다. 이것이 답이다. 무엇인가 거창한 전술과 특별한 노하우, 방법 등을 배우고 습득하는 것은 나중의 일이다. 기초와 기본부터 다져야 한다. 족집게 과외, 인기 강사의 강의, 고가의 교재, 집중력에 도움이 된다는 한약까지 공부를 잘하게 해준다는 별의별 방법과 제품들이 시중에 나와 있고 그렇게 해준다는 사람도 정말 많지만 내가 다져놓은 공부의 기초와 기본이 탄탄하지 않다면 그 모든 것은 무용지물이 된다.

학습에는 세 가지 구성요소가 있다. 첫 번째는 교수자(가르치는 사람)이고, 두 번째는 학습자(배우는 사람)이며, 세 번째는 교재(학문이나 기예 따위를 가르치거나 배우는 데 필요한 여러 가지 재료)이다. 여기에서 가르치는 사람의 설명을 경청하고, 자신의 수준에 맞는 적절한 교재가 있으며, 학습자가 가르침을 받은 내용에 대해서 익히도록 한다면 공부를 잘할 수 있는 확률은 99%에 이를 것이다. 공부를 잘 못하는 경우는 이 세 가지 중 한 가지라도 등한시하거나 빠뜨린 것이다. 이렇다면 공부를 잘할 수 있는 확률은 내려간다.

세 가지 기준으로 자신을 아래 항목에 따라 점검해보라.
- 나는 가르치는 사람의 설명을 안 듣거나 (가르치는 사람의 실력을 과소평가하고 경청하지 않는 것도 포함) 들어도 잘 이해하기 어렵다.
- 나는 배운 것을 스스로 익히는 시간이 부족하다.
- 지금 보는 교재가 과목별로 없다.
- 지금 보는 교재가 너무 어렵거나 쉬워서 나에게 적절하지 않다.
- 여러 개의 교재가 있지만 나에게 잘 맞는 적합한 교재가 무엇인지 잘 모른다.

위 같은 경우에는 결코 공부를 잘할 수 없다. 공부하는 자신의 기초와 기본을 점검해보라. 가르치는 사람의 설명을 어떠한 자세로 습득하는지 자신을 되돌아보아라. 그 수업에 내가 어떻게 참여하고 있는가. 그리고 지금 내가 보는 이 교재는 나에게 적절한가. 또 배운 것을 스스로 익힐 수 있는 시간이 나에게 보장되어 있는가. 그 시간에 임하는 나의 자세는 적극적이고 능동적인지 되돌아보라. 이것부터 제대로 챙기는 것이 공부를 잘하는 방법의 시발점이 된다.

공부하는 이유의
씨앗을 심기

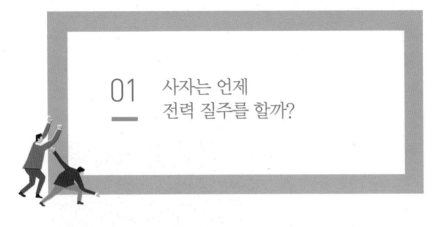

01 사자는 언제 전력 질주를 할까?

"계획 없는 목표는 한낱 꿈에 불과하다."

-생텍쥐페리-

　사자는 언제 전력 질주를 할까? 영국 BBC 다큐멘터리나 KBS 1TV '동물의 세계' 같은 프로그램을 보면 사자는 초원에 있는 나무 밑 그늘에서 쉬다가, 영양을 보거나 얼룩말을 보았을 때 전력으로 질주를 한다. 실제 사자는 하루 24시간 중 18시간을 자며 나머지 시간은 먹이를 잡거나 잡은 먹이를 먹고 또 쉬는데 보낸다고 한다. 하루에 18시간을 나무 그늘 밑에서 잠을 자는 사자가 먹이를 잡을 때 전력 질주를 하는데 왜 그럴까? 왜냐하면, 이 먹이를 잡아야 먹고 살수 있고 배고픔을 해소할 수 있고 새끼 사자들도 먹일 수 있기 때문이다. 영양이나 얼룩말이 눈앞에 보이지 않는다면 사자는 절대 질주하지 않는다. 눈앞에 보이는 선명한 목표가 사자를 달리게 한 것이다. 또 사자는 이렇게 달릴 때 오직 먹잇감만을 바라보고 달린다. 다른 주변의 어떤 것도 신경을 쓰지 않는다. 최선을 다해 그 먹잇감을 잡을 때까지 영양이든, 얼룩말이든 그것만 바라보고 달린다. 시선을 거기에만 고정한다.

지금까지 살면서 작은 목표든 큰 목표든, 달성하고자 하는 목표를 정한 적이 있는가? 그것을 위해 참고 또 열심히 노력한 적이 있는가? 분명히 있을 것이다. "다섯 밤을 참으면 엄마, 아빠랑 놀이공원에 갈 거야. 다섯 밤, 참을 수 있지?"라는 부모님 말씀에 놀이공원에 갈 목표가 생겼기 때문에 5일을 기다린 아이라든지, "이번 중간고사에 영어 과목 90점을 넘으면 용돈을 얼마까지 올려줄게."라는 약속에 늦은 밤까지 공부하며 영어공부를 한 학생이라든지, 어떤 회사에서 "이번 달 우리 팀의 매출을 일억 원 이상 달성하면 우리 팀 전원, 하와이로 3박 4일 동안 여행을 간다."라면 그 팀은 매출을 달성하기 위해 노력할 것이다. 일상을 살면서 목표를 정하고 그것을 달성하기 위한 노력을 한 경험이 누구에게나 있다. 운동 경기에서도 쉽게 찾아볼 수 있다. 올림픽에서 금메달을 따기 위해 정말 많은 선수가 선수촌에서 죽을 힘을 다해 땀을 비 오듯 흘리면서 훈련한다. 2012년 런던올림픽 레슬링 부분 금메달을 딴 김현우 선수는 "심장을 토해낼 정도로 훈련했다."라고 했고, 실제로 핏줄이 터지고 연골이 망가지고 귀가 찌그러져 펴지지 않을 때까지 연습과 훈련을 했다고 한다. 이유는, 올림픽의 금메달이라는 목표가 있었기 때문이다.

　평소에 국사에 관심이 많았던 필자는 2013년 봄에 '한국사 능력 검정 시험 3급을 따야겠다.'라는 목표를 세웠다. 이 자격증으로 새로 이직을 할 것은 아니고 다만 역사에 대해 좀 더 잘 알고 싶고, 그것에 대한 자격을 증명하고자 하는 목적으로 시험을 준비했다. 시험 날짜는 2013년 8월 10일이었고 6월 중순부터 본격적으로 준비를 했다. 직장생활을 하며 공부를 해야 하니까 철저하게 공부할 수 있는 시간을 확보해야 했다. 점심시간을 활용하고 퇴근 후엔 아내가 잠든 시간 이후를 활용했다. 시대별로 구분에서 언제까지 내용을 숙지할 것인지를 정하고 EBS 최태성 선생님의 강의를 들었다. 시험 5일을 남기고는 해당 사이트에 있는 기출문제를 프린트해서 풀었고 가장 헷갈리고 어려웠던 일제강점기 부분을 마지막으로 검토했다. 8월 10일에 시험을 보고 확인을 하니 충분히 2급까지 딸 정도의 성적이 나왔다. 만약 필자가 '그냥 한번 봐 보자'라든지, 성취하고자 하는 목표를 불분명하게 했다면 인터넷 강의도 듣는 둥 마는 둥 했을 것이고, 요약정리도 꼼꼼하게 하지 않았을 것이다. 하지만 이 시험에 '합격'이라는 메시지를 확인했을 때 기분이 참 좋았다. '또 다른 관심 있는 분야에 목표를 정하고 도전을 해봐야지.'라고 생각했다.

　목표를 정했다고 해서 끝난 게 아니다. 효과적으로 목표를 달성할 방법이 있다. 그것은 무엇일까?

첫째, 앞 장에서 언급한 것처럼 '나' 와 관련된 목표여야 하고 '내가 세운 목표' 여야 한다. 누군가가 대신 정해준 목표는 달성할 이유가 희미하고 또 나를 충분하게 고려해서 정한 것이 아니므로 열심히 하지 않는다. 필자도 누군가 시켜서 한국사 시험을 준비하라고 했다면 열심히 준비하지 않았을 것이다. 목표는 내가 하고 싶어야 하고 나랑 관련이 깊어야 한다. 내가 정한 공부의 목표, 내가 이루고자 하는 삶의 목표여야 한다.

둘째, 목표는 '구체적' 이어야 한다. 많은 성공학자와 공신들은 '돈을 많이 벌겠다.', '이번 기말고사를 잘 보겠다.' 가 아니라 '2020년 12월 31일까지 일억 원을 저축하겠다.', '이번 중간고사에 국사를 85점 받았으니 이번 기말고사에는 95점을 받겠다.' 라는 식의 목표가 훨씬 달성 가능성이 크다고 말한다. 필자 역시 '한국사 능력 검정 시험에 80점을 넘겠다.' 라고 목표를 정했었다.

셋째, 장기적인 목표를 정했다면 역순으로 나누어 세부적인 목표를 정해야 한다. 10년 후에 달성하고자 하는 목표가 있다면 그것을 1년 단위로 나누고 그 1년을 12달로 나누고 그것을 주로 나누고, 그것을 다시 일별로 나눈다면 오늘 내가 목표를 달성하기 위해 해야 할 것을 정할 수가 있다. 필자는 2주 단위로 쪼개서 1주 차에는 구석기~삼국시대까지, 2주 차에는 통일신라시대~고려시대까지, 3주 차에는 조선 전기를, 4주 차에는 조선 후기, 5주 차에는 일제강점기, 6주 차에는 현재를 살펴보는 시대순으로 나누어서 공부했다.

「능곡고 조기화 군은 모의고사 모든 과목 1등급을 받았다. 비결은 바로 구체적인 목표 설정에 있었다. 모 대학 신문방송학과에 들어가야겠다는 꿈이 생긴 이후 목표에 한 발짝 더 다가서고자 촌각을 다퉈가며 공부에 매진했기 때문이다. 그는 반드시 일정 시간을 할애해 하루, 일주일, 한 달 간의 세부 공부 계획을 짠다. 월별 계획을 토대로 그 주에는 무엇을 해야 하는지를 계획하고 또 그것을 달성하기 위해 오늘 하루는 얼마나 공부해야 할지를 머릿속에 그린다.」 (조선일보 2010.03.08)

위 기사의 사례와 같이 자신만의 구체적인 목표를 정하고 그것을 역순으로 계획을 세워 오늘 하루 무엇을 할지 결정하고 실행하라.

목표를 정한 삶과 정하지 않은 삶의 차이점은 크다. 또 공부하면서 목표를 갖고 하는 것과 하지 않은 것의 차이점도 엄청나다. 목표가 없다면 이것을 왜 해야 하는지 이유도 모르고 이유를 모른다면 그것에 매진할 수가 없다. 지금 하고 있다고 해도 중간에 포기하는 경우가 생긴다. 도착해야 할 목적지가 없이 길을 떠나는 것과 같다. 금방 지치게 되고 심지어 도중에 중단하게 될 것이다. 반드시 목표의 중요성을 깨닫고 자신만의 목표를 설정하여 오늘 하루 그것을 달성하기 위해 매진하기 바란다. 목표를 향해 한 걸음 더 전진하는 여러분이 되길 바란다.

1 | 목표가 없는 생활을 하면 어떻게 살게 될지 적어보세요.

_____

_____

_____

_____

2 | 살면서 목표를 정하고 성취했던 경험을 적어보세요.
　　(작고 사소한 것도 좋아요)

_____

_____

_____

_____

**3 | 자신만의 삶의 목표와 공부의 목표가 있나요? 그것을 위해 어떤
　　노력을 했나요? 없다면 그것을 정하기 위해 어떻게 해야 할까요?**

_____

_____

_____

_____

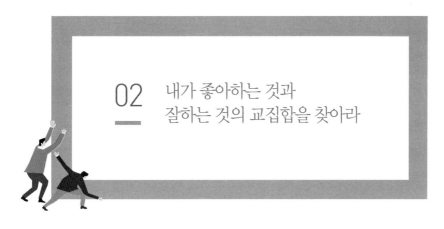

02 내가 좋아하는 것과 잘하는 것의 교집합을 찾아라

"자신이 하는 일을 재미없어하는 사람치고 성공하는 사람 못 봤다." -데일 카네기-

2004년 아테네 올림픽 사격 50m 결승전, 미국의 매튜 에먼스 선수는 마지막 한 발을 남겨놓고 금메달을 눈앞에 두고 있었다. 2등과의 격차는 단 3점 차이였고 만점이 10.9점이기 때문에 7.8점만 쏴도 금메달은 그의 몫이었다. 마지막 한 발 "탕!" 총알은 가운데 과녁을 통과했지만 매튜의 점수는 올라가지 않았다. 무슨 일이 일어난 것일까? 어이없게도 그는 제일 마지막 총알을 옆 선수의 과녁에 맞추었기 때문이다. 사람들은 이 장면을 보고 '어떻게 선수가 이런 실수를 할 수 있지?', '정말 아깝다. 안타깝다.', '어떻게 저렇게 쏠 수 있지?' 등의 반응을 보였다. 결론적으로 보면 매튜 에먼스 선수는 마지막 총알의 목표를 명확하게 보지 못했기 때문에 어처구니없는 실수를 저질렀다는 것을 부인할 수 없다.

올림픽 이야기로 시작했지만 학생들의 삶과 공부에 적용해서 생각해보아도 별반 다르지 않다. 왜 공부를 해야 하는지 목표가 뚜렷하지 않고, 공부하고 있지만 그 목적과 이유가 불분명하므로 더욱 매진하지 못한다. 삶 자체를 살아야 할 이유와 목적이 불분명한 아이들도 많다. 그것은 어른들도 마찬가지니까. '공부해서 내가 나중에 어떤 미래를 이룰 것인가?', '이 그림을 어떻게 그려나갈 것인가?'에 대한 생각도 분명하지 못해 아이들은 연필조차 들지 못하고 있다. 나아가 명확하고 보다 뚜렷한 목표를 세워야 한다는 것을 알면서도 그 방법이 무엇인지, 어떻게 수립해야 하는지 몰라 고민하는 아이들도 많다. 단순히 어른들의 기준으로 이 직업군이 돈을 많이 벌고 이 대학교의 전공이 취업이 잘 된다는 이유로 그것을 아이들에게 강요하거나 추천할 수는 없다. 무엇보다 중요한 것은 지금 현재를 사는 이 아이가 어떤 목표를 어떻게 설정하고 그 목표를 향해 전진해 나갈 방법이 무엇인지를 함께 고민하고 이뤄갈 수 있도록 도와주어야 한다.

목표를 설정하는 아주 간단하면서도 가장 중요한 방법을 여기서 알려주고자 한다. 이 방법을 써본다면 보다 확실하게 미래를 향한 길이 보일 것이고 목표의 한 점을 찍는 데 도움이 될 것이다.

첫 번째, 자신이 좋아하는 것을 적어본다. 아무 내용이라도 상관없다. 내가 조금이라도 좋아하는 것을 적어본다. 강아지랑 놀기, 보드 게임, 아기 돌보기, 친구 머리 꾸며주기, 여행하기, 소설 읽기, 만화 읽기, 축구경기 시청하기, 영어 말하기, 요리하기 등등 어떤 제한도 없이 다 적어본다. 이렇게 최소 10개, 최대 20개 이상을 적은 다음에는 가장 좋아하는 것 5위부터 1위까지의 순위를 매겨본다. 강의를 해보면 이때부터 아이들은 조금씩 더 고민하기 시작한다. '나'에 대해 조금 더 생각하는 것이다. 생각하다 보면 "선생님, 공동 순위도 되나요?" "6개를 고르면 안 되나요?" 등의 질문을 하는 아이들도 만나게 된다. 이 좋아하는 것이 무엇일까? 바로 '흥미'이다.

세계 3대 문학상 중 하나인 맨부커상을 2016년에 한강 작가가 수상했는데 그녀의 아버지인 한승원 작가는 "딸은 어렸을 때부터 책을 정말 좋아해서 늘 책을 많이 읽는 공상가였다."라고 했다. 한강 작가 또한 "초등학교 고학년부터는 문예지도 읽고요, 뜻도 모르면서 작가들 사진 보는 게 재미있어서 읽다가 시도 찾아 읽고 소설도 읽고, 그런 기억이 참 좋네요."라고 했다. 어렸을 적 책을 좋아하고 공상도 좋아해서 현재 결과를 이루게 된 것이라 해도 과언이 아니다.

「축구프리스타일리스트 전권 선수는 프리스타일을 독학하고 고등학교 졸업을 한 달가량을 남겨두고 2008년 영국으로 갔다. 광장에서 중학교 2학년 때부터 갈고닦은 축구 묘기로 돈을 벌 생각이었다. 광장에서 묘기를 선보일 때마다 허락받지 않은 사항이라 제지를 당했지만 트래펄가 광장에서는 스티븐이란 경찰에게 축구 기술을 하나씩 가르쳐주는 조건으로 허락을 받은 후 공연을 시작했다. 하루에 8시간씩 5년간 1만 4000시간 넘게 공과 싸워온 효과는 바로 나타났다. 4일 만에 2000파운드(약 430만 원)를 벌어 방값을 해결했다. 사람들이 찍어 올린 동영상을 보고 에이전트에서 연락이 오고 나이키 광고를 찍게 되었다. 2009년에는 크리스티아누 호날두와 테베스 선수 등 엄청난 실력을 갖춘 선수들과 같이 광고를 찍었다. 축구선수를 꿈꿨지만, 공을 자유자재로 가지고 놀며 다른 사람이 할 수 없는 기술을 연마하는 게 좋았다. 인터넷 동영상을 보고 따라 했고 그 기술을 더 발전시키는 재미에 빠졌다. 하루에 8시간씩 운동장이나 공터에서 훈련했다. 축구공 하나만으로도 세계 최고가 될 수 있을 것이라는 자신감이 있었다.」(동아일보 2011.08.04)

자신이 좋아하는 것을 발전시켜 한강 작가는 세계에서 대한민국을 대표하는 소설가가 되었고 전권 선수는 축구프리스타일리스트가 된 것이다. 만약에 "선생님 저는 1. 게임, 2. TV 보기밖에 없는데요."라는 아이(실제로 강의를 하다 보면 이런 아이들이 있다)라면 다시 한 번 곰곰이 생각해보라. 그리고 지금부터 여러 가지 많은 것들을 시도해보라. 또 다른 자신의 흥밋거리를 찾게 되고, 또 이전에 찾은 자신의 흥미를 보다 명확하게 알 수 있게 된다.

두 번째, 자신이 잘하는 것을 적어본다. 좋아하는 것을 적어본 것처럼 보통 이상 잘하거나, 또 과거의 누군가로 칭찬을 받은 경험이 있다면 그것은 본인이 잘하는 것이다. 학교 공부, 과목으로만 생각해서 적는 것이 아니라 그것도 포함하여 다양하게 적는다. 책 빨리 읽기, 청소하기, 처음 보는 사람과 친해지기, 말싸움하기, 기계 조립하기, 블로그 활동하기, 영화 감상평 쓰기, 사진 찍기 등등 자신이 잘하는 것을 모두 적어본다. 강의 중에 이 활동을 하다 보면 '어? 좋아하는 것과 겹치는데?' 라든지 '이거 나보다 잘하는 친구들 많은데….' 라는 생각을 할 수 있다. 하지만 상관없이 다 적어본다. 겹치는 것은 이후 설명하겠지만 자신의 목표를 설정하는데 정말 중요한 요소가 된다. 나보다 잘하는 친구가 많다는 것도 잠시 접어두자. 지금은 보통 이상 잘하면 잘한다고 여기는 것이 훨씬 더 중요하다.

밴쿠버 올림픽 피겨스케이트 부분에서 금메달을 딴 김연아 선수도 처음 스케이트 탔을 때부터 트리플 러츠나 스파이럴 같은 고급 기술을 선보였던 것이 아니다. 첫 시작은 보통보다 약간 잘하는 정도로 시작한다. 이 잘하는 것을 바로 '재능' 이라고 한다.

어떤 사람이 좋아하는 것을 적어보니 명언 찾기, 예화 보기, 농구 (보는 것, 하는 것), 스크랩하기, 예전 사건 재해석하기, 사람들한테 인정받기, 사회 보기, 사람들한테 주목받기, 추억 회상하기, 레크리에이션 진행하기 등이라 한다. 또 잘하는 것은 스피치, 글씨 쓰기, 3행시 짓기, 핵심 파악하기, 워드프로세서 하기, 물건 재활용하기, 리폼 흉내내기, 예화나 명언 상황에 적용하기, 쉽게 풀어서 설명하기 등이라고 한다. 그렇다면 여러분이 생각하기에 이 사람은 어떤 직업을 가질 수 있을까? 훗날 무엇을 하면 행복하게 잘 살 수 있을까? MC?, 교사?, 강연가? 뭐 이렇게 생각할 수 있을 것이다. 그렇다. 위에 내용은 주인공은 바로 필자다. 나는 특히 대중 앞에서 이야기하는 것을 좋아하고, 어딜 가면 저 사회자보다 '내가 이렇게 하면서 더 잘할 수 있을 텐데…' 라는 생각을 항상 한다. 또 책에서 인터넷에서 아이들에게 도움이 될 내용이고 예화나 명언이면 강의할 때 활용한다. 이런 활동이 나는 무척이나 즐겁다. 여러분도 마찬가지로 자신의 좋아하는 것과 잘하는 것의 중복된 요소들을 정리해보라. 그것을 발전시키면 어떤 모습으로 성장하게 될지 그림이 그려질 것이다. 만약에 그 직업군이나 활동 범위가 너무 다양하다? 걱정할 이유가 없다. 한 사람이 한 직업을 갖고 사는 시대는 지났으니까.

앞서 좋아하는 것과 잘하는 것이 중첩되는 것들이 있는가? 그것이 '나' 라는 사람이 설정할 수 있는 간절한 목표이고 가장 중요한 뿌리가 된다. 이것들을 살리고 이것들을 극대화하면 내가 이 세상에서 원하는 바를 이루고 사회에 이바지할 수 있는 인생의 목표를 정할 수가 있다.

여기서 질문 하나. 사람은 잘하는 것을 더욱 키워야 할까? 아니면 부족하고 못 하는 것을 보완해야 할까? 만약에 위의 방법처럼 자신이 못하는 것을 적어본다면, 쓰는 순간 자신의 자존감은 바닥을 치고 좌절하게 되며 우울감에 빠지게 된다. 필자는 은행가는 것을 아주 싫어한다. 금리, 이자, 적금 이런 단어와는 정말 친하지도 않고 접할 때마다 엄청난 스트레스를 받는다. 하지만 이것을 내가 잘하는 다른 요소들만큼 발전시킬 마음은 전혀 없다. 왜냐하면, 그렇게 하려면 시간도 엄청나게 오래 걸릴 뿐 아니라 정신적 스트레스도 많이 받게 될 것이다. 또한, 내가 잘하는 것을 계발할 시간도 빼앗기게 되기 때문에 결국 내가 좋아하고 잘하는 분야에서 원하는 목표만큼 도달하지 못하게 될 것이다.

「완벽한 공부법」의 저자인 고영성 작가도 '자신의 강점을 살리고 약점은 최소화하라.' 라고 하고 경영학의 대가인 피터 드러커 또한 '약점을 보완해 봐야 평균밖에 되지 않는다. 차라리 그 시간에 자신의 강점을 발견해 이를 특화하는 것이 21세기를 살아가는 지혜일 것이다.' 라고 말하고 있다. 그렇다. 자신에 대해 고민하고 생각하여 자신의 흥미와 재능을 스스로 발견하자. 나아가 그것을 오늘부터 발전시키기 위한 노력을 해보자. 그 중복되는 부분을 성장시켜 미래에 무슨 일을 할 수 있을지 생각을 해본다면 자신의 미래직업도 설정할 수 있을 것이다. 어렴풋하던 진로도 보다 확실해지고 명확해진다.

그리고 오늘부터라도 여러 가지를 시도해보자. 이것저것 다양하게 경험하자. 간접경험, 직접경험을 많이 하면 분명히 자신에게 끌리고 관심이 가는 부분이 생길 것이다. 그런 다음 그 분야에서 최고가 되겠다는 다짐을 해라. 자신이 좋아하고 잘하는 것으로 간절하고 가슴 벅찬 인생의 목표를 설정하라. 그렇다면 오늘 하루를 허투루 보내지 않게 될 것이다.

1 | **자신이 좋아하는 것들을 모두 적어보세요.** (사소한 것도 좋아요)

_____

_____

_____

2 | **자신이 잘하는 것들을 모두 적어보세요.** (사소한 것도 좋아요)

_____

_____

_____

3 | **위의 1번과 2번의 것 중 중복되는 것들을 찾고 그것을 발전시키면 미래에 어떤 사람이 될지 적어보세요.**

_____

_____

_____

03 글로 쓰면 이루어진다

"생생하게 상상하라, 간절하게 소망하라, 진정으로 믿어라. 그리고 열정적으로 실천하라. 그리하면 무엇이든지 반드시 이루어질 것이다. 모든 것을 실현하고 달성하는 열쇠는 목표 설정이다. 내 성공의 75%는 목표 설정에서 비롯되었다. 목표를 명확하게 설정하면 그 목표는 신비한 힘을 발휘한다."

—폴 마이어—

사람들은 건강해지길 원한다. 그래서 식단도 조절하고 또 운동도 한다. 그러나 마음처럼 쉽지 않다. 연초에 사람들이 많던 건강 센터는 2월만 되면 한산해진다. 따로 운동할 시간과 여유가 없는 사람들에게 추천하는 운동방법이 있다고 한다. 많은 트레이너가 말하는 출근할 때 계단으로 내려가고 퇴근할 때 계단으로 오르는 방법이다. 회사 내에서도 일과 중 업무지에서 계단만 이용해보라고 권장한다. 처음에는 4층 오르는 것도 힘들지만 나중에는 10층도 소화할 수 있게 된다. 나도 계단을 오르면서 생각해본 것이 있는데 아무리 체격이 좋은 사람도, 어린이도, 한 계단씩 올라가야 다음 층으로 오를 수 있다는 것이다. 2층을 거쳐야 3층으로 갈 수 있고 4층을 올라야 다음 층인 5층으로 갈 수 있다. 아주 단순한 원리이지만 우리가 가진 목표를 성취하는 과정에서도 적용해야 하는 원칙이다. 학력으로 대입해보면 학사 다음에 석사이고 다음 단계가 박사이다. 학교에서도 초등 후에 중등이고 그리고 고등으로 올라간다. 그렇다면 앞으로 살아가야 할 미래를 최종 달성하고자 하는 목표를 향해 계단을 오르듯이, 한 층 한 층 올라가듯 단계별로 성취하기 위해서는 무엇을 준비해야 할까?

이력서를 적어 본 적이 있는가? 지금 바로 한번 적어보자. 중학생이면 유치원 이력, 초등학교 이력 등을 기억해서 적어보자. 반에서 임원을 한 것도, 상을 받은 것도 적어보자. 예를 들어 필자의 중학교 때 그 시점에서 이력서를 써본다면 참아름유치원 졸, 영신초등학교 입학, 당산서중학교 입학, 초등 3학년 3반 부반장, 5학년 4반 반장, 6학년 3반 반장, 전교 어린이 부회장 역임, 반공 웅변대회 대상 2회 수상, 경필 쓰기 대회 최우수상 2회 수상 등을 쓸 것이다. 여러분도 이력서 양식에 맞춰서 써보자. 이력서의 사전적 정의는 '이력을 적은 문서'(네이버 어학 사전)이고 이력이란, '지금까지 거쳐 온 학업, 직업, 경험 등의 내력, 많이 겪어 보아서 얻게 된 슬기'라 한다. 이 의미를 생각하며 적어보자. 인터넷에 무료 양식도 많으니 적어보라.

이렇게 이력서는 자신이 겪은 과거 경험과 학업, 경력 등을 적는 것인데 다음 글을 살펴보자. 한남대학교 총장을 지낸 故 이원설 박사님은 1958년 20대에 미래 이력서를 작성했다. 그의 자전적 소설 「50년 후의 약속」에선 다음과 같이 말한다. 작성 한지, 43년 후 그는 이렇게 말했다.

「난 미국 유학 중 산책하다 생각했다. '내가 여기서 이렇게 공부할 수 있는 것은 나라의 도움 없인 불가능한 일이다. 나라를 위해 나는 무엇을 할 수 있을까? 나의 미래 이력서를 적어보자.' 1960년 박사학위 취득, 1965년 미국 아이비리그 유학, 1975년 대학교수 취임, 1980년 대학교 학장, 1992년 대학 총장, 2002년 70세 은퇴"라고 적었다. 실제 그는 34세 한국 문교부 고등교육 국장, 39세 단과대학 학장, 51세 경희대학교 부총장, 54세 종합대학의 총장이 되었다. 거의 일치되거나 여러 해 앞당겨진 것이었다.」

그의 제자이자 조교였던 강헌구 교수(한국비전교육원 대표)는 이원설 박사의 조교로 생활을 할 때 이 총장이 집 현관 출입구 벽에 미래 이력서를 써서 붙여 놓고 매일 이것을 보며 미래 비전 달성을 위한 분

발을 했다고 회고한다. 강헌구 교수 또한 늘 꿈을 갖고 비전을 설계하고 행복한 삶을 추구해야 한다고 말한다. 그는 이처럼 남녀노소 관계없이 늘 꿈을 갖고 비전을 설계하고 행복한 삶을 추구해야 한다고 힘줘 말한다.

「"저도 40대 중반에 대학 교수직을 그만두고, 2010년 비전 리더십 분야의 베스트셀러 작가로 올라 전 세계에 100개의 비전스쿨을 둔다는 당찬 미래 설계를 갖고 활동하고 있습니다. 그 결과 현재 40개국에 비전스쿨을 두어 국내외를 순회하며 강의 중이며, 3권의 비전 관련 책을 내놓기도 했습니다." 강 교수는 이러한 장기적인 미래 비전을 잡기보다 단기 비전 설계에도 소홀히 해선 안 된다고 말한다. 예를 들어, '2015년 1년간 영어 회화 공부에 힘써 스위스 여행을 간다.' '2018년까지 3년간 열심히 그림을 그려 개인전을 갖겠다.' 등 단기 비전 설계에도 힘을 써야 한다는 것이다.」 (농촌여성신문 2014.10.12)

앞서 자신만의 가치를 담은 비전을 세워야 한다고 말했는데 그것을 위해 단계별로 어떤 과정을 거쳐야 그것을 이루고 달성할 수 있는지 적어보아야 한다. 결국, 자신의 비전이 30년 후에 달성될 수 있는 목표라면 그것을 10년 단위로 쪼개고 그 10년을 5년 단위로, 그것을 1년 단위로 나누고 그것을 또 월 단위로 나눈다. 또 그것을 주 단위로 나누고 그것을 일별로 쪼개면 오늘 달성해야 할 목표가 생기고 이번 주에 성취해야 할 목표가 생기고 그것이 모여 월별 목표를 달성케 하고 나아가 1년의 목표를 성취하면서 결국 자신의 비전에 이르게 되는 것이다.

필자 또한 단계별 목표가 있다. 일부만 간단하게 적어보면, 2022년에는 연구소를 한 공간으로 갖는다. 그전까지 3년간 온라인 사무실을 활성화한다. 한국 비전 메이킹 연구소 대표로서 4층에는 집이 있고, 3층에는 연구소 겸 강의실이 있고 2층은 교회와 1층은 누구나 멘토링과 티타임을 할 수 있는 카페를 운영할 것이다. 그동안 성취한 바는 미션스쿨에서 종교 교사가 되는 것을 이뤘으며, 전교생 앞에서 강의하였다. 지금도 주기적으로 강의와 멘토링을 진행하고 있는 것을 이루고 있다. 앞으로 만나는 아이들은 1년에 1000명이 넘고 1만 명이 넘는 아이들에게 동기부여할 것이다. 스크랩북과 노트를 연 4권씩 작성하여 2039년까지 총 100권을 만든다.

그레그 레이드라는 성공 학자는 「10년 후, 해바라기」라는 책에서 "꿈을 날짜와 함께 적어 놓으면 그것은 목표가 되고 목표를 잘게 나누면 그것은 계획이 되며, 그 계획을 실행에 옮기면 꿈은 실현되는 것이다."라고 했다.

지금 당장에 완벽하게 쓴다기보다는 단계별로 이뤄야 할 목표를 찾아보는 것부터 시작해 보라는 것이다. 그리고 그것을 이루거나 이룬 사람의 모습, 이루고자 하는 공간의 모습, 대학교가 있다면 생생하게 상상하며 써보라. 나아가 대학교 로고, 캠퍼스 사진 등으로 만든 비전 이미지 판도 만들어보자. 그리고 자신의 기간별 이루어야 할 목록으로 채운 미래 이력서를 적고(이후 지속해서 수정, 보완) 자신이 잘 볼 수 있는 눈에 띄는 곳에 붙여 놓자. 이어서 단계별 이루어야 할 항목이나 자격증, 읽어야 할 책, 해봐야 할 경험들이 있다면 그것 또한 지속해서 추가하라. 그렇게 한다면 막연하고 멀리 느껴졌던 자신의 비전은 오늘 성취해야 할 목표로 다가올 것이며 그것을 성취한다면 한 걸음 더 자신의 비전에 가까이 가게 될 것이다.

1 | 자신의 과거의 경력과 경험을 토대로 이력서를 적어보세요.

년 도	경력 내용(수상 경험, 자격증 등)	발급처(학교명 등)

2 | 자신의 미래 이력서를 적어보세요.

년 도	달성해야 할 목표	필요한 사항

※ 이후 다른 자신만의 양식으로 만들어서 작성하면 더욱 좋아요.

3 | 미래 이력서를 적고 난 후 느낀 점을 적어보세요.

_____

_____

_____

_____

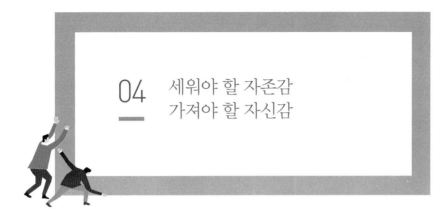

04 세워야 할 자존감
가져야 할 자신감

"어떤 일을 달성하기로 했으면 그 어떤 지겨움과 혐오감도 불사하고 완수하라. 고
단한 일을 해낸 데서 오는 자신감은 실로 엄청나다."
                                                    -아놀드 베넷-

　사람과 동물들과의 차이점 중 대표적인 것은 바로 '말', '언어' 이다.
사람만이 말을 할 수 있다. 꿀벌도 의사소통한다. 꿀벌은 그들의 언어인
춤으로 대화한다. 「꿀이 많은 곳을 발견했거나 새로운 집터를 발견했을
때 춤을 추어서 다른 꿀벌들에게 그 위치를 알려준다. 꿀벌은 엉덩이를
흔들면서 춤을 추는데, 엉덩이춤에는 원을 그리면서 추는 원형 춤과 8자
모양으로 돌며 추는 8자 춤이 있다. 원형 춤은 알려 주려는 목적지가
100m 이내에 있을 때 추는 춤이다. 이 춤은 방향을 나타내지 않고 일정
하게 원을 그리며 돈다.」 (네이버 EBS 어린이 지식 e)

　하지만, 이것은 어디까지나 꿀벌끼리 정한 동작을 통한 내용의 전

달이지, 언어는 아니다. "언어란 생각, 느낌 따위를 나타내거나 전달하는 데에 쓰는 음성, 문자 따위의 수단 또는 그 음성이나 문자 따위의 사회 관습적인 체계"를 뜻한다. (네이버 어학 사전) 이 언어는 사람만이 할 수가 있는데 사람은 이 말을 할 수도 있고 들을 수도 있다. 그리고 사람은 어떤 말을 듣느냐에 따라 심적 상태와 지적 몸 상태가 좋아지기도 하고 나빠지기도 한다. 더욱이 아이들은 커 갈수록 긍정의 말보다는 부정의 말을 듣고 자란다. 흔히들 엄마들이 모였을 때 이야기 소재가 달라진다는 말이 있는데, 초등학교 때는 특히 저학년일 때는 우리 아이는 천재라고 자랑한다. 배우지 않았는데 먼저 안다고 하고 학교에서 곧잘 상장도 받아온다고 자랑한다. 칭찬도 제법 해준다. 그런데 중학교 가면 상황이 좀 달라진다. 성적이 떨어지고 엄마들이 모이면 '어디 학원이 좋다더라.', '그 선생님이 잘 가르친다더라.' 등 사교육의 정보를 서로 교환하는 것으로 대화의 소재가 바뀐다. 고등학교 때는 거의 자녀 이야기를 하지 않는다. 자랑할 거리가 거의 없다. 성적표를 보면 속이 타고 입시가 코앞인데 걱정만 앞선다. 공부를 안 하는 모습만 눈에 보이고 공부하는 모습을 봐도 불안하고 답답하다.

아이들은 부모에게 듣고 싶은 말이 있고 듣기 싫은 말이 있다. 한겨레신문 2015년 5월 4일 자 기사에 나온 윤다옥 소장(한성여중 상담

교사, 노워리 상담넷)의 말을 살펴보자.

*부모님에게 듣고 싶은 말은

"오늘 많이 힘들었지?", "수고했어!", "잘했어!", "열심히 하는구나", "괜찮아", "사랑해", "푹 쉬어", "그 정도면 충분해~", "미안해", "세상에서 우리 딸이 제일 예뻐~!", "맛있는 거 먹자", "용돈 줄게", "놀아", "네 마음대로 해", "칭찬" 등이고

*부모님에게 듣기 싫은 말

"공부해, 공부는 언제 하니?", "ㅇㅇ는 잘하는데, 너는 왜 그러니?", "~안 돼, 하지 마, 그만해", "넌 안 돼, 넌 못 해", "이것밖에 못 하니?", "살찐 것 좀 봐라~", "방 좀 치워", "그럴 거면 왜 태어났니?", "커서 뭐가 될래?", "지금 어디야?", "욕" 등이다.

아이들은 주로 부모의 말로 자신의 정체성을 확인하게 된다. 자신이 소중한 사람인지, 괜찮은 사람인지, 사랑받을 만한 사람인지를 알게 되는데 부모가 무심코 내뱉는 말만큼 큰 영향을 미치는 게 없다. 어렵고 힘든 일을 하고 있을 때 부모가 "너만 힘든 거 아니야. 다른 애들도 다 하는 건데, 더 사정이 안 좋은 애들도 있어."라고 말해버리면 아이는 왠지 억울해지고 힘이 빠지게 된다. 아이들은 객관적인 평가나 사실을 듣고 싶은 게 아니다. "애썼다, 고생했다."라는 인정과 지지의 말을 듣고 다시 한 번 힘을 내고 싶은 것이다. 실수하거나 잘못했을

때, "괜찮다, 다시 해도 돼."라는 위로와 격려를 받고 싶어 한다. 잘하지 못하더라도 시도하고 노력한 부분을 인정받는 과정에서 있는 그대로의 자신이 받아들여짐을 느낀다. 이렇게 자신의 강점·장점을 확인하고, 자신의 약점·단점 또한 그것대로 인정할 수 있을 때 자기 자신을 온전하게 수용할 수 있게 된다. 자존감이 높고 마음이 건강한 사람이 되는 것이다.

여기서 말을 통해 아이들이 가질 수 있는 감정이 있는데 그것은 바로 '자존감'이다. 자기 자신을 존중하고 존경하며 사랑하는 감정을 말한다. 제임스 오웰은 "사람을 존경하라, 그러면 그는 더 많은 일을 해낼 것이다."라고 말했다. 자존감이 건강한 아이가 자신만의 목표를 향해 힘차게 나아가고 자신이 가진 시간을 소중하게 쓸 수 있다. 나를 사랑하지 않고 나를 존중하지 않는 사람은 나 자체를, 내 인생을, 내 시간을 아끼며 살아가지 않는다. 이 자존감은 주위의 피드백, 즉 칭찬과 긍정의 말, 회복의 말 등을 통해 생겨나고 높아질 수 있다. 자존감을 튼튼하게 세울 수 있도록 돕는 절대적인 역할은 가장 가까운 부모님과 선생님의 역할이 크다. 하지만 옆집 누구와 친척과 비교당하고, 잘한 것보다 못한 것에 대한 지적이 더 많고, 그동안 해온 과정은 무시하고 결과만으로 아이를 대한다면 그 아이의 자존감은 건강할 수 없다. 아이들 자신도 '나 자신을 사랑해야 한다.', '나는 소중한 사람이다.', '나는 가치가 있는 사람이다.', '나는 이 세상에 꼭 필요한 사람이다.', '나는 사랑받고 사랑을 베풀 수 있는 사람이다.' 이런 자성 예언과 스스로 다짐을 하면서 자존감을 지키고 세워가야 한다. 전 세계 70억 인구 중에서 나라는 존재는 그 어디에도 없다. 나라는 사람은 반드시 한 가지 이상 잘하는 것이 있고 인생에 나만이 갖는 분명한 계획과 목적이 있다고 믿어야 한다. 그렇게 심적으로 자존감이 건강해야 공부든 뭐든 하고 싶은 마음이 생기고 잘할 수 있는 근간(根幹)이 된다.

고봉익 대표가 쓴 「플래닝」이란 책을 보면 아이마다 공부할 때 보면 전략 과목과 취약 과목이 있다고 한다. 전략 과목은 내가 자신 있어 하는 과목이고 어떻게 공부하면 성적이 잘 나올지에 대해서 방법도 알고 있어서 피하고 싶거나 한 과목이 아니다. 반면, 취약 과목은 해도 성적이 잘 안 나오고, 한숨부터 나오고 될 수 있으면 안 하고 싶은 과목이다. 하지만 두 가지 과목들 모두 공부할 때 먼저 가져야 할 마음가짐과 심적 상태가 있다. 그것은 바로 자신감(自信感)이다. 즉, '내가 할 수 있다고 확신하는 것'이다. 2016년 브라질 리우 올림픽 남자 펜싱 에페 경기에서 점수가 9 대 13이었다. 4점 차로 지고 있던 박상영 선수는 경기 중에 본인만 들을 수 있는 목소리로 되새겼다. '할 수 있다.', '할 수 있다.', '할 수 있다.' 라고. 그는 결국 경기를 15-14로 이기며 금메달을 땄다. 그는 인터뷰에서 "잘하는 게 아무것도 없었는데 펜싱을 하면서 처음으로 칭찬을 받았어요. 그래서 펜싱에 빠졌죠."라고 했다. 그리고 한때 십자인대가 끊어지는 부상도 있었으나 이조차도 극복해냈다고 한다. 단순히 박상영 선수가 역경을 극복하고 역전을 하여 금메달을 땄다는 것을 의미하는 것이 아니라 자신에게 주문을 넣으며 자신감을 회복하고 심적인 충전을 통해 그것을 경기에 쏟아내며 발산해 냈다는 것이다.

2019년 프랑스 아마존 베스트셀러 1위를 한 「단 한 걸음의 차이 자신감」이란 책의 교보문고 광고를 보면 봉준호 영화감독이 남긴 한 마디를 강조하고 있다. "자신감 속에는 괴물 같은 힘이 있다."라고.

공부도 마찬가지이다. 어떤 일이든 못 한다고 생각하면 결국 못 한다. 결과가 좋지 않다. '그럴 줄 알았다.'라고 자신을 스스로 낮게 평가하기보다는 '나는 할 수 있다.'라고 '나도 할 수 있다.'라고 스스로 말하라. 아디다스 광고에 나오는 문구처럼, 권투의 전설적 인물인 무하마드 알리가 말했던 것처럼, "Impossible is Nothing", "불가능 그것은 아무것도 아니다. 가능성을 의미할 뿐이다."라고 자신에게 말하라. 그렇게 나에게 말한다고 절대 손해나는 일 없다. 부끄러울 일도 없다. 큰 에너지가 소모되는 것도 아니다. 필자의 책을 통한 부탁이라고 생각해도 좋다. 나 자신의 잠재력과 재능을 확신하라. 당장 자신 있게 시도한다고 해도 공부에, 성적에 성과가 나지 않을 수도 있다. 하지만 도전도 하지 않고 의기소침해 있고 두려워하는 사람보다는 뭔가를 시도하고 한 걸음 나아가는 것이 백배 낫다. 이전에도 성공한 적 없고 이뤄낸 적이 없다고 하더라도, '이번만큼은 다를 것이다.' 라는 마음가짐으로 접근해야 한다.

자존감(自尊感)과 자신감(自信感)! 이 2감(感)을 스스로 갖자. 나 자신을 사랑하고 나 자신을 믿자.

1 | 자신이 가장 소중한 존재라고 느껴진 때와 이유를 적어보세요.

2 | 공부를 포함해서 그 외 가장 자신 있는 분야와 이유를 적어보세요.

3 | 위의 1번과 같은 경험을 하기 위해서는 또 어떻게 해야 할까요?

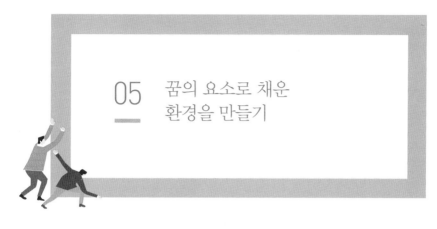

05 꿈의 요소로 채운 환경을 만들기

"성공하는 사람들이란 자기가 바라는 환경을 찾아내는 사람들이다. 발견하지 못하면 자기가 만들면 된다."

-조지 버나드 쇼-

○○는 학교가 끝나고 집에 왔다. '앗싸! 오늘 엄마가 약속이 있어서 집에 없다고 했지?' 가방을 그대로 자기 방 침대에 내던졌다. 얼마 전 산 닌텐도 스위치의 전원을 켜고 거실로 옮긴 컴퓨터 본체의 전원 버튼도 엄지발가락으로 누른다. 부팅되는 사이에 리모컨으로 TV도 켠다. 당연히 TV를 보는 것은 아니다. 그저 듣는 용도이다. 물론 휴대폰도 손에 있다. 과자 한 봉지를 뜯어놓고 신나게 게임을 한다. '어? 학원 갈 시간이다' 학원 가방을 들고 학원에 간다. 중간 쉬는 시간에 간식 겸 밥을 먹는다. 집에 돌아오니 9시 30분이다. 씻고 옷을 갈아입었다. 엄마가 간식을 준다. 먹으면서 TV를 본다. "오늘 숙제는 없니?"라는 말에 자기 방에 들어간다. 휴대폰으로 친구들과

카톡을 한다. 책은 꺼냈지만 도통 뭐부터 해야 할지 잘 모르겠다. 알아도 지금은 하기 싫다. 어느덧 잘 시간이다. 던져놨던 가방을 치우고 침대에 누워 이불 속에서 휴대폰을 좀 더 보다가 잠이 들었다.

게임을 잘 안 하는 학생은 컴퓨터를 켜면 메신저를 로그인하고 SNS를 본다. 댓글을 달고 자신이 쓴 댓글에 또 누가 댓글을 달아주는지를 기다린다. 기다리는 동안 거울을 보면서 얼굴과 피부 상태를 체크한 후 최대한 예쁘게 나오는 각도로 스마트폰으로 셀카를 찍는다. (특히 여학생) 인스타그램 등에 그 사진을 올리고 현재 상태를 입력한다. 연예인 기사를 탐독하고 댓글도 확인한다. 최대 추천 수가 많거나 많이 본 댓글에 클릭도 하고 '구독'과 '좋아요'를 하는 유튜브 채널도 빼놓지 않고 본다.

혹시 이 글을 읽고 있는 독자의 하루인가? 100% 똑같지는 않아도 이런 패턴인가? 자신의 꿈이 아무리 간절하고 명확하다고 한들 이러한 하루가 합쳐지면 훗날 자신의 비전이 성취될 수 있을까? 결코 없을 것이다. 여러 가지 문제가 있겠지만 여기서는 환경에 대해서 짚어주고자 한다.

완벽한 공부법의 저자인 고영성 작가는 "의지보다 중요한 것은 환경이다."라고 말했다. 누구는 의지가 더 중요하다고 말하는 사람도 많지만 이렇게까지 말하는 이유를 되짚어 보면 환경도 굉장히 중요하다는 것을 반증한다. 사람은 환경에 영향을 받게 되어 있다.

한번은 여의도 공원에서 했던 정원박람회에 우리 가족 모두가 간 적이 있다. 꽃도 있고 아이들이 타는 짧은 미끄럼틀과 벤치, 조형물 등이 많았고 사람들도 붐볐다. 우리 아들은 미끄럼틀을 타려고 줄을 섰는데 관리하는 직원이나 자원봉사자들이 적어서 그런지 잘 통제되지 않았다. 서로 타겠다고 밀고, 힘이 약한 아이는 울고, 새치기하는 아이들도 정말 많았다. 필자의 아들은 계속 줄을 서다 보니 자기 차례는 밀리고 결국엔, 미끄럼틀을 몇 번 타지 못하는 상황이 되었다. 시간이 흐르니 결국 우리 아들도 마지막에는 다른 아이들처럼 새치기하였다. 이렇게 된 이유는 너도나도 줄을 서지 않고 먼저 타는 사람이 먼저라는 분위기가 있다 보니 아이들 모두가 그렇게 무질서한 상황이 되었다. 나는 줄을 서야 한다는 것을 배웠고 마음속에 그 의지가 있다 하더라도 주위의 모든 사람이 그 질서를 지키지 않고 의지가 부족하다면 결국 나도 그 무리 속에 질서를 안 지키는 한 사람이 되는 것이다.

'분위기에 압도당했다.' 라는 말을 알 것이다. 눌러서 넘어뜨리거

나 보다 뛰어난 힘이나 재주로 남을 눌러 꼼짝 못 하게 한다는 의미
인데 운동 경기에서 자주 볼 수 있다. 2002년 한일 월드컵 당시 우
리나라 응원단의 응원 구호와 함성, 일치된 행동 등에 상대 팀이 압
도를 당했다는 내용을 아래와 같이 당시 기사를 보면 엿볼 수 있다.

「'붉은악마 중부지구' 가 마련한 대형 플래카드에 '한밭 벌의 기적 창
조, 코리아여!, 세계 최강의 위대한 야망을!' 이라는 글귀가 장내를 압도
하고 있다. 경기장의 좌석은 모두 메워졌고, 대표팀의 상징색인 붉은색
이 만발하다. 군데군데 이탈리아 응원단이 '아주리(청색) 부대' 를 이루고
있지만, 한국 응원단의 기세에 눌려 마치 작은 섬들처럼 고립되어 있다.」
(오마이뉴스 2002.06.18)

우리 안에 있는 공부를 하지 않으려는 마음이나 게으름 등은 공부
를 할 수밖에 없는 환경과 분위기에 압도되도록 해야 한다. 전자는
우리가 많이 조절하기 어렵다. 공부를 정말 하고 싶은 의지가 생겨
도 그것은 며칠을 못 간다. 하지만 환경과 분위기는 우리가 만들 수
있다.

「프레임의 작가이며 서울대학교의 최인철 교수님은 '꾸준히 노력할
수밖에 없는 최선의 환경을 설계함으로써 부족한 의지력을 극복하고 지

속 가능한 노력을 추구할 수 있다.' 라고 말했다. 끈기와 노력은 단지 마음 가짐의 문제가 아니다. 열심히 하겠다고 결심하고 다짐한다고 당신의 의지력이 높아지지 않는다. 끈기와 노력은 설계의 문제. 꾸준히 노력할 수밖에 없는 최선의 환경을 설계함으로써 부족한 의지력을 극복하고 지속 가능한 노력을 추구할 수 있다. 삶을 바꾸려면 의지를 바꾸기 전에 환경을 바꾸어라.」(Youtube 체인지 그라운드 "의지를 탓하기 전에 환경을 바꿔야 한다" 中)

필자는 「마흔, 나는 다시 꿈을 꾸기로 했다」라는 책을 쓸 때 한 일이 있다. 그것은 구체적인 날짜를 적은 종이를 집의 큰 칠판에 붙여놓은 것이고, 그 날짜와 내용에는 자료 수집일은 언제까지, 초고 완성일은 언제까지, 계약일은 언제, 출판일은 언제라고 적어두었다. 학교, 기관, 교회의 강연 이미지를 출력하여 붙여 두었고 교보문고, 영풍문고의 로고를 인쇄하여 함께 붙여두었다. 신기하게도 해당 책은 7월 4일부터 예약판매가 시작되고 25일 본격 출판이 되었는데 내가 실제로 써서 붙여 놓은 책 출판의 날짜는 7월 11일이었다. 써놓은 종이를 보면서 그 시간과 완료해야 할 과업에 나의 의지를 집중하고 그 목표를 달성하기 위해 더 열심히 행동으로 옮기게 되었다.

많은 사람이 연초 목표로 삼는 것 중에 다이어트, 체중 감량이 있다. 체중을 감량하기 위해서는 '살을 반드시 빼겠다.' 라는 마음가짐도 중요하지만 음식 재료를 간소화하는 것이 더 중요하다. 체중을 감량하겠다는 사람이 냉장고를 열면 칸칸마다 먹을 것이 가득하고 냉동실에도 해동해서 바로 먹을 수 있는 음식들이 있다면 그 사람은 결코 다이어트에 성공할 수 없다. 냉장고 속 음식 재료는 저열량, 채소들만 있고 간단하게 조리해서 먹을 수 있는 인스턴트 음식은 없어야 한다. 야식을 먹는 자리는 피해야 하고 집안에 배달음식 전단지 등도 없어야 한다. 휴대전화 앱도 삭제한다. 가장 건강하고 되돌아가고 싶은 시절의 사진을 붙여 놓고 자신을 자극하며 행동을 옮겨야 목표를 성취할 수 있다.

사람에게는 자신의 시선이 자주 머무는 곳, 손이 자주 가는 서랍, 발이 닿는 공간 등이 있다. 또 쉽게 눈에 띄는 곳도 있다. 그러한 곳에 자신이 이루고자 하는 꿈과 관련된 글귀, 이미지 그리고 공부도 할 수 있게 하는 요소들도 채워두자. 그러한 환경이 우리의 의지를 더욱 강하게 할 것이다.

1 | **자신의 공부방이나 공간 안에 학습과 목표에 방해되는 것들을 적어 보세요.** (예: 휴대폰, 만화책, 예전 교과서 등)

_____

_____

_____

_____

2 | **자신의 공부방이나 공간 안에 학습과 목표에 도움이 되는 것 들을 적어보세요.** (예: 책상, 존경하는 인물 사진, 복습할 교재 등)

_____

_____

_____

_____

3 | **2번에 더 도움이 되도록 추가해야 할 것들이 있다면 적어보세요.** (예: 사명선언문, 좌우명이 되는 명언 등)

_____

_____

_____

_____

06 시간 도둑을 잡아라

"절대 허송세월 하지 마라. 책을 읽든지, 쓰든지, 기도를 하든지, 명상을 하든지,
또는 공익을 위해 노력하든지, 항상 뭔가를 해라"
-토마스 아 켐피스-

사람마다 선호하는 음식이 있다. 샐러드 바나 뷔페에 가면 좋아하
는 음식도 먹지만 처음 보는 음식도 조금씩 담아서 먹어본다. 왜냐
하면, 그 음식도 맛이 좋을 수 있기 때문이다. 먹어보고 맛이 없으면
다음에는 안 먹으면 되니까. 그렇게 다양하게 먹어보면 내가 좋아하
는 음식을 더 많이 알 수가 있다. 하지만 과한 술이나, 마약 등은 다
르다. 이것은 조절할 수 없게 한다. 다른 음식을 먹어볼 기회를 뺏어
간다.

「성공하는 사람들의 7가지 습관」과 「완벽한 공부법」에도 나오는
'우선순위 시간 관리' 라는 주제가 있다. 간단하게 설명하면 시간을

네 가지 종류로 나누고 그것을 성공한 사람과 그렇지 못한 사람과 사용하는 순서를 알려준다. 중요하고 급한 일, 중요하지만 급하지 않은 일, 중요하지 않지만 급한 일, 중요하지도 않고 급하지도 않은 일이 그것이다.

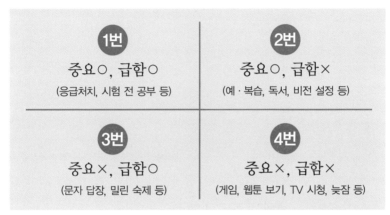

-「완벽한 공부법」 고영성, 신영준-

보통 성공하는 사람들은 1번 → 2번 → 3번 → 4번 순이고 그렇지 않은 사람들은 4번 → 3번 → 4번 → 3번 순서로 시간을 사용한다.

여기에서 가장 방해가 되고 시간을 낭비하게 되는 4번의 종류에는 예를 들면, 휴대전화 게임, TV 시청(특히 재방송), 웹툰 보기, PC 게임, 늦잠 등이 있다. 그렇다면 "4번을 하고 2번을 하면 되잖아요."라고 반문할 수 있는 사람도 있지만, 결코 4번을 먼저 하면 2번은 할 수 없다. 왜냐하면, 4번은 중독성이 강하다. 중단하기가 어렵다는 이야기이다. 아이들에게 물어보면 본인의 시간 순서는 4번 → 3번 → 4번 → 3번이거나 심할 경우 4번 → 4번 → 4번 → 4번일 경우도 있다. (참고로 1번은 간혹 생긴다. 교통사고, 내일이 바로 시험일 경우, 중요한 브리핑 전 등, 그러므로 1번은 평소에는 잘 있지 않다.) 우리가 예상하다시피 4번만 하며 시간을 보내면 공부는 물론이고 삶 자체가 발전이 없을 것이다.

공신 강성태가 MBC 「공부의 제왕」이란 프로그램에 출연해서. 합숙하는 아이들을 가르칠 때 강조한 사항이 있는데, 학습할 때 가장 방해가 되는 요소들을 "결단(決斷)"하라고 말한다. 결단이란, 결심과 단절이 합쳐진 말인데 단순히 마음먹는 것으로는 부족하고 '끊어야 한다.' 라고 한다. 단(斷)이란 한자어에는 도끼를 의미하는 근(斤)이라는 한자가 부수이다. 즉, 도끼로 끊듯이 잘라내어야 한다는 의미가 있다.

그 환경에서 벗어나야 하고 그 도구는 내가 공부하는 환경에 없어야 한다. 내 방에 PC가 있어 인터넷 강의나 공부에 관련된 자료를 수집하고 도움을 받고자 설치를 했는데 그런 용도는 거의 없고 틈만 나면 게임을 하고 유튜브를 보고 SNS 등으로 시간을 보낸다면 PC

는 거실로 옮겨야 한다. 거실로 옮겼음에도 불구하고 계속 생각나고 방해가 된다면 아예 치우는 것이 더 나을 것이다. 공부하는 시간만큼은 휴대전화를 꺼놓고 그래도 생각이 나고 집중력을 해친다면 누군가에게 맡겨버리는 것도 방법이 되겠다. 어떻게라도 방해가 되면 내 환경에서 제거해야 한다.

간단한 예로 PC 게임을 한다고 하자. FIFA라는 축구 게임을 한다고 가정했을 때 한 판만 하고 끝날 수가 없다. 내가 지면 한 번 더 해야 하고 친구가 져도 한 번 더 해야 한다. 1 대 1이 되면 결판을 내기 위해서 해야 하고 누가 져도 '다른 팀으로 할 거야. 그 팀이 내 주력 팀이거든', '우리 팀 선수 컨디션이 안 좋게 나왔어. 다시 컨디션 좋게 해서 해보자.', '내가 실수가 있었어. 내 실력을 발휘 못 했어.' 등 갖가지 이유를 대면서 게임을 더하게 된다. 밥 먹는 시간도 줄여가면서 한다.

혼자 할 때도 엄마가 그만하라고 해도 바로 끄는 예는 없다. '이번 판만 깨고요.', '오늘은 얼마 안 했어요.' 등 여러 가지 핑계를 대다가 혼나는 경우도 많다. TV 시청도 마찬가지다. 원하는 프로그램이 끝나면 끄고 자리에서 일어나지 않는다. 리모컨을 이리저리 돌려보며 볼 만한 다른 채널에서 프로그램을 찾고 거기서 멈춘다. 그렇게 시간이 간다. 이렇게 되면 앞서 이야기 한 바와 같이 온종일 시간의 종류 중 4번만 하다가 하루가 끝난다. 이것은 의지로 이겨내거나 극복할 수가 없다. 거기에서 단절이 되어야만 한다. 벗어나야 한다. 그래야 그것의 유혹과 하고 싶은 마음을 안 갖게 되고 중요하진 않지만 급한 일(독서, 복습, 예습, 비전 찾기, 스트레칭 등)을 할 수 있다.

사람들에게는 잘 끊지 못하는 것들이 있다. TV 쇼핑하기, 스마트폰, SNS, 흡연, 술, 게임, 탄수화물, 거짓말, 폭식, 정리정돈, 채팅, 일, 운동, 설탕, 종교, 도박 등 이런 것들이 심할 경우 '중독'이라고 부른다. 중독되면 내가 원하는 비전과 내가 해야 할 공부에는 몰두할 수 없다. 못하게 된다. 발전이 없게 된다. 배움이 없게 된다. 시간의 도둑에게 내 시간을 다 도둑맞는다.

더욱이 우리는 오프라인 환경에만 노출되는 것이 아니다. 인터넷이라는 환경을 벗어날 수가 없다. 그러므로 온라인에 자신이 방문하는 사이트를 비전과 관련된 주소로 정하라. 공부와 연관이 있는 사이트로 즐겨찾기를 해놓아야 한다. 유튜브에서 '구독'과 '좋아요'를 한 채널을 내 꿈과 학습으로 연관된 채널로 설정하라. 게임과 관련된 카페는 탈퇴하고 학습과 관련된 카페에 가입하여 자신을 스스로 그곳에 드러내 자신이 도달하고자 하는 학습의 정점에 더 가까이 가

라. 시간의 도둑이 틈타지 못하게 하는 것이다.

비전과 관련이 없고 꿈의 성취에 걸림돌이 되는 방해요소를 제거하라는 것이다. 시간을 잡아먹는 도둑을 잡아서 가두어 놓아야 한다. 학습에 방해꾼이 있으면 치우라는 것이다. 그래서 자신을 꿈과 관련된 공간에 노출되게 하고 조금이라도 자극이 되게 하라. 자신만의 꿈의 공간을 채워나가며 비전을 성취한 자신의 모습을 자연스럽게 생생하게 상상하게 하는 장소와 공간을 만들자.

생각하기 그리고 실천하기

1 | 평소 자신은 시간의 순서를 어떻게 사용하고 있는지 적어보세요.

2 | 중요하지만 급하지 않은 일을 하는 데 가장 방해가 되는 요소는 무엇인지 적어보세요.

3 | 자신에게 가장 조절하기 힘든 중요하지도 않고 급하지도 않은 일은 무엇인가요?

PART

03

—

공부를 잘하는
뿌리를 내리기

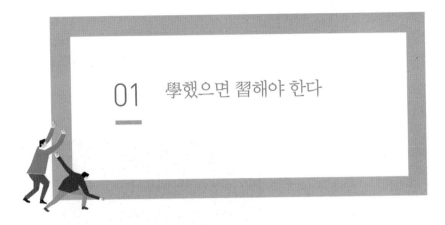

01　學했으면 習해야 한다

"실천이 말보다 낫다."

-벤자민 프랭클린-

필자는 서울 여의도에서 약 10년 동안 살았다. 각종 증권사 건물도 많고, 대표적 마천루인 63빌딩도 있다. 최근에 지어진 IFC 몰도 있고, 방송국, 국회의사당 등 주요 건물과 회사들도 엄청 많다. 그런데 밤에 나가보면 새벽 중에도 일하는 사람이 많은지 불이 켜져 있는 회사가 많다. '아직도 근무를 하나?' 라고 생각도 해보는데 관찰한 바로는 저녁 시간에 저녁을 회사 근처에서 먹은 후 퇴근을 하지 않고 티타임을 하거나 공원 산책을 한 후 다시 회사로 가는 사람이 많다.

실제 대한민국의 연평균 근로시간은 전 세계에서 2위(2,124시간)이다. 1위는 멕시코 2,228시간이며 OECD 평균 근로시간은 1,770시간이라고

한다. (한국경영자총협회)

예전에 KBS에서 방영한 '공부하는 인간'이라는 다큐멘터리를 본 적이 있다. 미국 하버드 대학교에서 선정된 학생 4명이 한국, 중국, 이스라엘, 인도, 프랑스 등을 방문하고 각 나라의 공부 현장을 찾아가는 여정을 다룬 프로그램이었다. 이 프로그램은 책으로도 출판이 되었는데 한국에 대해서도 다루었다. 한국에서 그들이 간 곳은 서울 강남의 대치동이었다. 늦은 밤 10시까지 정말 많은 아이들이 공부하고 버스와 승용차가 아이들을 태우기 위해 대기하고, 또 건물마다 각종 학원이 밀집해 있는 장면이 나왔다. 대한민국 아이들이 정말 공부를 많이 하는 것처럼 비추어졌다. 5·6차 유엔 아동권리협약 이행 대한민국 아동 보고서에 따르면 대한민국 중·고생의 연간 학습 시간은 중학생 2,097시간, 고교생은 2,757시간으로, 어른 1인당 연평균 노동시간인 2,069시간보다 길다고 한다.

자, 그렇다면 자신이 얼마나 공부를 하는지 한번 살펴보자. 일하는지 살펴보자. 직장인들은 사람들로 꽉 찬 지하철을 타고 허겁지겁 9시 가까스로 출근을 한다. 출근하면 바로 일을 시작하는 것이 아니라 지난 밤사이 쌓인 이메일(보통 스팸이나 광고메일)을 점검하고 삭제한다. 오늘 해야 할 일이 무엇인가 고민하는 차에 10시 30분에 회의를 한다. 그러면 오늘 해야 할 업무가 대략적 윤곽이 잡히고 회의 준비 및 정리를 마치면 11시 30분이다. 그런 후 점심시간에 무엇을 먹을까? 고민하며 12시를 기다리고 점심을 먹고 나면 커피를 마시면서 좀 걷는다. 1시에 다시 자리로 돌아오면 흡연을 하거나 양치질을 한다. 2시가 되면 회의할 때 나왔던 업무를 조금 하다가 오는 전화를 받고 업무처리를 하면 5시 가량이 된다. 그러면 하루 동안 실제 근무를 한 시간은 3시간 정도가 안 되기 때문에 야근을 해야 한다. 야근하려면 저녁을 먹어야 한다. 저녁을 먹으면 커피를 마셔야 하고 커피까지 마시면 양치질도 당연히 해야 한다. 7시부터 야근을 시작해서 9시까지 일을 한 후 집에 가면 10시이다. 그러면서 하소연한다. '이 회사는 저녁 시간 보장을 안 해줘. 무슨 우리가 일만 하는 기계야?' 그런데 자세히 들여다보면 아침부터 저녁 9시까지 12시간 동안 실제 일다운 일을 한 시간은 40%도 안 된다. 그러면서 하루의 절반 이상을 보낸다.

학생들도 별반 다르지 않다. 아침에 일어나서 학교에 가서 보통 1교시부터 6교시까지 배운다. 어떤 날은 1교시는 잠이 덜 깨서 배우는 둥 마는 둥 하고, 2교시는 싫어하는 과목이어서 넘어가고, 3교시는 주요 과목이 아니어서 대충 보고, 4교시는 점심시간 때문에 설렁설렁 넘어간다. 5교시는 식사 후 식곤증으로 졸려서 못하고 6교시는 학교 끝나고 뭐하며 놀지에 대해 친구들과 떠든다. 하교를 하고 집에서 간단히 간식을 먹거나 아니면 바로 학원 가방을 챙겨서 학원에 간다. 그래서 또 배운다. 집에 오면 저녁을 먹고, 밤 9시 30분 정도가 되면 씻고, 정리하면 10시가 넘는다. 12시까지 좀 쉬거나 학교 과제 등을 하고 나면 이제 어느덧 자야 할 시간이 된다.

자, 아이들은 이런 비슷한 패턴의 생활을 하고 있는데 여기에서 공부의 초점을 맞춰 보았을 때 문제점은 무엇일까? 맞다. 실제 제대로 공부한 시간은 없다. 그리고 공부를 했다고 하더라도 더 문제가 되는 것은 거의 다 배우는 시간이란 점이다. 스스로 익힐 시간은 전혀 없다는 것이 문제이다.

「전 세계 76억 인구 중 22억 명이 과체중이나 비만과 관련된 문제를 겪고 있습니다. 서너 명 중 한 명은 '너무 많이 먹어 건강을 잃었다.' 라는 뜻입니다. 실제로 지난 2015년에 과체중과 관련된 병으로 사망한 사례는 400만 건이 넘습니다. 그런데 아이러니하게도 누군가는 먹지 못해 배를 곯고 있습니다. 22억 명은 배가 불러 고통받지만, 지구 반대편의 8억 명은 기아로 고통받는 것이죠.」 (더퍼스트 2019.01.04)

「공부 잘하고 싶으면 학원부터 그만둬라」(한스미디어, 이병훈, 2009)

에서는 다음과 같이 말한다. '배운 것을 자기 내면화할 최소한의 시간도 갖지 않고 계속 받기만 할 뿐이다. 즉 소화도 못 시키면서 계속 먹기만 하는 것이다.' 라고 문제점을 진단하고 있다. 즉 너무 많이 먹기만 한 것이 문제가 되는 것처럼, 아이들은 '너무 많이 배우기만 한다는 것' 이 문제라는 것이다.

아무리 좋은 음식도, 보약도 많이 먹기만 하면 탈이 난다. 몸만 비대해지고 뚱뚱해질 것이다. 반드시 먹었다면 소화시킬 시간이 있어야 한다. 또한 활동을 해야 한다. 운동도 하고, 산책도 하고, 활동도 하고, 생각도 함으로써 에너지를 써야 한다. 그래야 내 몸이 건강해지고 튼튼해진다. 먹은 것이 피가 되고 살이 되고 근육이 된다. 공부도 마찬가지이다. '學' 했다면 반드시 '習' 해야 한다. 배운 것이 있다면 반드시 내 것으로 익혀야 한다. 내 것으로 익히는 시간이 없다면 많이 배우고 좋은 인터넷 강의를 듣는다고 해도, 엄청나게 유명한 학원을 다닌다고 해도 성적이 좋을 수가 없다. 성적이 오르지 않는다. 자신의 것으로 소화시킬, 익혀서 자신의 것으로 만들 수 있는 시간이 필요하다. 자신이 온전히 쓸 수 있는 시간을 계산하여 확보한 후 그 시간에는 반드시 익히는 시간, '習' 의 시간으로 활용해야 한다. 그래야 학습의 효과가 좋아지고 성적이 올라간다.

고등학교 때 드리블을 한 후 농구 골대 세 군데를 돌면서 레이업

숫을 성공시키는 실습 시험이 있었다. 오른손으로 레이업을 할 때는 두 걸음 정도의 보폭을 계산해서 오른발, 왼발 순으로 스텝을 밟고 공을 오른손으로 살짝 올려놓고 오듯이 하면 된다. 처음 선생님의 시범을 보고 배운 다음 10번 중 10번 성공시키기 위해 드리블을 연습하고 오른발, 왼발 스텝을 밟고 골대에서 가장 가까운 곳에 공을 올려놓듯이 하는 숫을 정말 많이 연습했다. 덕분에 지금은 정면에서도 레이업 숫을 할 수가 있고 왼손 레이업도 가능하게 되었다. 당시 선생님의 시범만 보고 머리로만 알았다면 결코 나는 레이업숫을 실전에서 성공시키지 못했을 것이다.

예전에 세바시에서 강연을 한 14살 김석규 군의 강연 내용을 살펴보자.

「얼마 전에 저는 중학교에 입학하고 첫 영어시험을 봤습니다. 그리고 저는 충격에 빠졌습니다. 'grammatically' 라는 단어를 보고 머리가 하얘졌어요. 시험이 끝난 후 친구에게 단어의 뜻을 물었어요. "이거 학원에서 배우지 않니?" 저는 공부를 싫어해서 학원에 안 다니는 건 아닙니다. 오히려 학원을 안 다녀서 좋아하는 공부를 더 많이 할 수 있기 때문이죠. 학원에 안 다녀서 남는 시간 동안 할 수 있는 일이 정말 많습니다. 팟 캐스트로 인문학 공부도 하고요, 또 제가 비행기를 좋아해서 항공 분야 공부도 합니다. 저처럼 항공에 관심 있는 친구들은 항공기 모형을 만들기도 하고, 축구를 좋아하면 축구를 하며 놀기도 해야 하죠. 열네 살은 쓸데없는 일을 해야 할 나이 아닌가요?」(KBS 세바시, 김석규)

김석규 학생이 바로 앞에 있었다면 필자는 기립박수를 쳤을 것이다. 안아주고 양손 엄지로 칭찬을 해줬을 것이다.

선행을 위한 학원, 과외, 인강 등으로 배우고 있다면 과감히 정리할 필요가 있다. 기필코 학교에서 배우는 것을 중심으로 자신이 습할 수 있는 시간을 확보하라. 그리고 자신의 비전에 투자하는 시간도 확보하고 활용하라. 더욱이 학원에서 배운 내용이니까라는 마음으로 학교 공부를 등한시하거나 학원 숙제를 학교 수업 시간에 열을 올리며 하는 아이들도 있는데 당장 그만두라. 배우는 것에 우선순위를 둔다면 제1순위는 학교 공부이다. 학원 자체를 필자가 반대하는 것이 아니다. 학원을 다녀야 한다면 과거에 배운 것이 현재 부족할 때 그 부분을 보완하기 위해서 다녀라. 예를 들어 지금 자신이 중3 2학기인데 중2 1학기 부분을 모른다면 그 부분을 해소해줄 곳을 다녀라. 그래야 지금 하는 중3 2학기 공부를 잘할 수 있는 바탕이 마련된다. 왜 입시학원에 사람들이 몰리고 많은지 아는가? 고등학교 3년 동안 배운 내용을 다시 완벽하게 마스터해서 대학수학능력시험을 잘 치르려고 다니는 것이다. 즉 고등학교 3년 동안 배운 내용을 다시 학원에서 배우는 것이다.

　꼭 기억하라! 배울 때는 열심을 다해 배우고 그것을 반드시 익힐 시간을 확보하여 그 시간을 '習'의 시간으로 실천하라. 그래서 배운 것을 자신의 것으로 만들도록 하자!

1 | 자신이 평소 "학(學)"하는 내용을 모두 구체적으로 적어보세요.
(수학학원, 과외 등)

---

2 | 자신이 평소 "습(習)"하는 시간과 형태를 모두 적어보세요.

---

3 | 위의 1번과 2번을 쓰고 어떤 느낌이 드는지 적어보세요.

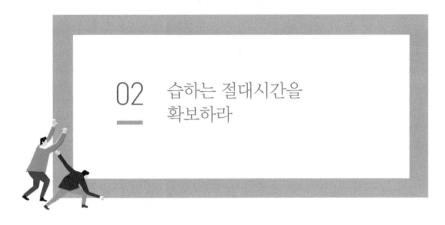

02 습하는 절대시간을 확보하라

"변명 중에서 가장 어리석고 못난 변명은 '시간이 없어서' 라는 변명이다."

-토마스 에디슨-

대한민국은 공부 시간은 전 세계에서 랭킹 1위이다. 일하는 시간은 세계 2위이고 노는 시간은 3위인 "잠 없는 나라"라고 한다. 그런데 실제 자세히 살펴보자. 실질적으로 스스로 '학(學)'할 때 몰두하는 시간은 얼마이며 스스로 그것을 익히는 '습(習)'하는 시간은 얼마나 될까?

스스로 공부를 하려고 책상에 앉았는데 '오늘은 어떤 과목을 무슨 교재로 할까?' 고민하는데 시간보내고, 책상이 좀 지저분한 것 같아 정리하는데 시간 좀 쓰고, 약간 목이 마른 것 같아서 물을 한잔 마셔야 하니까 냉장고 한 번 열어보고, 휴대전화 애플리케이션들 잠금 기능해놓고 그러다 보니 책상에는 2시간 앉아있었는데 실제 교재를 보며 공부를 한 시간은 1시간이 될까 말까 하다. 더군다나 우리나라 아이들은 학(學)하는 시간이 너무 많다. 학교는 당연히 가고 또 영어학원, 수학학원, 논술학원도 간다. 과외도 한다. 건강을 위해서 태권도, 수영도 가고, 감성발달을 위해 피아노 등 음악학원도 보낸다. 실제 우리나라 학생 1인당 월평균 사교육비가 29만 1000원이라고 교육부에서 발표했는데 현실에서는 '도대체 어느 나라 조사를 한 거야?'라는 부정적 반응이 많다. 집집마다 사교육비 때문에 지출이 너무 많다고 어른들은 하소연한다. 서울의 강남구 대치동과 목동, 경기도 고양시 일산을 가보면 한 건물에 학원 간판이 가득하다. 학원이 무조건 나쁜 것은 아니지만 아이들이 학원을 결정하는 방법에는 문제가 있다. 학원을 결정할 때 우선 자신이 결정하지 않는다. 부모님이 상담해서 결정하는 경우가 대부분이다. 그리고 학원이 소문이 좋게 나면 그 소문을 듣고 가는 경우가 많다. 그러니 학원 일정에 끌려다닌다는 말이 나온다. 학원은 반드시 자신의 부족한 부분을 채워줄 수 있는 곳으로 정해서 다녀야 한다. 선행이 아닌 모자란 부분, 뒤처진 부분을 보완하기 위해서 다니는 것이 바람직하다. 공부를 잘하려면 스스로 '습(習)'하는 것이 우선이다. 그러기 위해서는 가장 먼저 스스로 공부하는 시간을 가져야 하며 나아가 자신의 꿈과 비전을 위해 흥미·재능을 계발하는 시간을 확보해야 한다.

아래 신문 기사를 살펴보자.

어떻게 시간 관리를 효율적으로 할 수 있을까? 그 첫 번째는 시간의 용도를 나누는 것이다. 아침에 눈을 떠서 밤에 잠들기까지, 우리는 무수히 많은 일들을 시작하고 또 마무리한다. 학교에 가고, 밥을 먹으며, 공부를 하는 등 그때그때 하도록 미리 계획되어 있는 일, 또는 갑작스럽게 생기는 일들이 반복적으로 이루어질 것이다. 하루 24시간 안에 담긴 이 모든 일들의 용도를 나누는 것은 시간관리의 첫 시작이다.

고정시간 : "이미 어떤 일을 하도록 정해져 있어서 따로 계획할 필요가 없는 시간"이다.

학교 및 학원에 가는 시간, 점심 먹는 시간, 잠자는 시간 등 그 시간에는 그 활동을 하도록 이미 정해져 있어 따로 계획할 필요가 없는 시간이다. 요일별로 나의 고정시간이 어느 정도인지 파악하는 것은 매우 중요한 첫 번째 단계이다.

가용시간 : "하루 24시간 중 고정시간을 제외한, 내 마음대로 계획해서 쓸 수 있는 시간"이다.

부족한 공부를 할 수도, 좋아하는 컴퓨터 게임을 할 수도 있는, 말 그대로 내가 컨트롤할 수 있는 시간이다. 하루 중 고정시간이 적으면 적을수록 가용시간은 늘어나며 반대로 고정시간이 늘어날수록 가용시간은 줄

어들 것이다. (광주일보, 2019. 6. 18)

다시 정리해서, 아래와 같이 시간을 구분하고 어떻게 활용할지에 대해 살펴보자.

첫째, 자신이 변경할 수 없고 마음대로 조정하기 어려운 시간, 즉 '고정된 시간' 을 파악한다. 학교에서 수업하는 시간, 잠자는 시간, 밥 먹는 시간, 학원에서 수업하는 시간 등을 말한다. 이 시간을 파악 하라고 하면 아이들이 '숙제 시간' , 'TV 시청 시간' 도 고정적으로 한다고 적는 경우가 많은데 이 시간은 자신이 그 시간을 쓸 수 있으 므로 해당 시간에 숙제를 한 것이고 TV를 본 것이므로 고정된 시간 으로 보지 않는다. 하루 중, 이 '고정된 시간' 을 파악하고 하면 다음 과 같은 시간을 알 수가 있다.

둘째, '24시간-고정된 시간=사용 가능한 시간' 즉 자신의 "가용시 간"을 아는 것이다. 너무 학원 등으로 고정된 시간이 많다면 자신을 스스로 점검하여 엄마가 지나치게 강요하거나 무의미하게 앉아만 있는 시간을 보내는 학원은 과감하게 정리해보자. 그런 다음 자신이 쓸 수 있는 가용시간을 파악해보면 요일별로 각각 다르게 파악이 된 다. 이 시간이 요일별로 어느 정도 확보가 되어야 스스로 공부할 수 있는 시간도 생기고 자신의 흥미 · 재능을 계발할 수 있는 시간도 될 수 있다.

   셋째, "가용시간"에 한하여 "공부 목표 시간"을 세운다. 시험을 보고 난 후거나 다른 친구의 열심을 보고 난 후 등 어떤 형태로든 자신이 동기부여를 받았다면 흔히 아이들은 '오늘부터 장난 아니야. 4시간씩 공부할 거야.' 라든지 '새벽 2시까지 무조건 공부로 달린다.' 라는 식으로 무작정 열심을 내려 한다. 하지만 이것은 지킬 수가 없다. 왜냐하면, 자신이 쓸 수 있는 시간이 4시간이 안 되는 등 요일별로 시간이 다 다르고 또 12시 30분부터 2시까지 하는 때도 있고 너무 피곤해서 못 지킬 수도 있다. 무조건 잠을 줄인다고 해서 효율이 나는 것은 아니기 때문이다.

   가용시간 내에 공부 목표 시간을 90% '습(習)' 하는 시간으로 채우는 것부터 시작한다. 3시간이 가용시간이라면 2시간 40분을 '공부 목표 시간' 으로 설정하여 그 시간을 '습(習)' 하는 시간으로 달성하는 것이다. 날마다 그것에 익숙해지면 가속이 붙어 이전에 1시간에 1과목 문제집 3장을 풀었다면, 동일 시간에 기본 개념을 재파악하고 문제집 3장을 푼 다음 오답을 분석하기까지 하는 등 발전하게 된다.

   처음에는 과목만 써놓는 것으로 그칠 수가 있다. 그리고 그것을 또 못 지킬 수도 있다. 하지만 계속 자신을 스스로 점검하고 진행하다 보면 어느 정도 시간에 자신이 얼마만큼 어떤 과목을 어느 교재로 할 수 있는지 파악이 된다. 범위도 정해서 하게 된다. 그것을 달성하게 되면서 성취감이 생기고 날마다 성장하고 있음을 느낀다. 하루 공부 목표 시간에 내가 공부할 수 있는 과목과 교재와 분량을 잘 파악하게 되면 시간의 활용도와 효율성도 높아지게 된다. 또한, 자신의 공부 목표를 달성해야 하므로 집중도가 올라가고 좋아하는 과목만 하는 과목 편식도 안 하게 되는 여러 가지 이점이 있다.

　공신으로 유명한 강성태 씨는 공부의 팁을 알려주는데 3가지를 어필했다.
　　① 1시간 동안 몇 문제 푸는지 시간을 재어 나의 공부의 속도를 파악하라 (공부 속도)
　　② 공부 속도에 맞춰 하루 공부량과 마치는 날짜를 정하라
　　③ 내가 온전히 쓸 수 있는 시간을 알고 공부 속도에 맞춰 하루 공부량을 정한 후 가용시간에 채워 넣어라
　　(Youtube 공부의 신 강성태 "하루에 몇 시간이나 공부할 수 있는지 아니?" 中)

　이 시간 계획표는 일주일 단위로 작성하는 것이 좋다. 일주일의 고정된 시간을 살펴보고 요일별 가용시간을 파악한 후 공부 목표 시간을 정한다. 그리고 날마다 공부 목표 시간에 무엇을 할지를 과목, 교재, 분량, 방법 등을 기록한 후 하루를 마무리할 때 시간의 양적인

달성 여부와 세부적인 내용인 질적 달성 여부를 점검·평가한다.

넷째, '재능과 흥미를 계발하는 시간'을 갖는 것이다. 바로 앞장에서 설명했지만 공부 목표 시간에 '습(習)'을 하는 것은 중요하지만 급하지 않은 부분을 하는 것이다. 중요하지만 급하지 않은 일 중 재능과 흥미를 계발하는 것도 날마다 조금씩 하는 것이 중요하다. 자신의 머리를 식히거나 전환을 하는 의미로 활용해도 된다. 좋아하는 분야의 책을 한 챕터 정도 읽거나 만들다 만 프라모델을 만들거나 악기를 연주하거나 음악 감상 등을 하는 것이다.

자신의 인생 목표를 달성하기 위해 오늘 하루를 변화시켜 계획을 달성하는 것부터가 시작이다. 자신에게 주어진 시간을 정확하게 파악하고 그 시간에 자신이 스스로 공부할 수 있는 양적, 질적인 목표를 정한 후 달성한다. 달성을 하기 위해 집중력을 향상시키고 나아가 달성을 위한 가속을 붙인다. 달성을 못했다면 그것을 이루기 위한 점검을 하며, 달성했다면 그 성취감을 만끽한다. 이전에 비해 발전한 자신을 기록을 통해 되돌아보면서 꿈에 가까이 가고 있는 자신을 날마다 격려하자. 칭찬하자. 너도 어제보다 더 나은 오늘을 살 수 있고 꿈에 가까워진 하루를 보낼 수가 있다.

생각하기 그리고 실천하기

1 | **고정된 시간**(학교, 학원, 밥, 잠 등)을 파악해서 아래 표를 채워보세요.

	월	화	수	목	금	토	일
6~7							
7~8							
8~9							
9~10							
10~11							
11~12							
12~13							
13~14							
14~15							
15~16							
16~17							
17~18							
18~19							
19~20							
20~21							
21~22							
22~23							
23~24							

2 | **빈칸인 가용시간**(24시간－고정시간)**이 얼마인지 적고 공부 목표 시간을 정해보세요.**

	월	화	수	목	금	토	일
가용시간							
공부목표시간							
실제공부시간							

일주일 가용시간:　　　　일주일 공부 목표 시간:　　　　일주일 실제 공부 시간:

3 | **1번과 2번의 표를 작성한 느낌을 적어보세요.**

_____

_____

_____

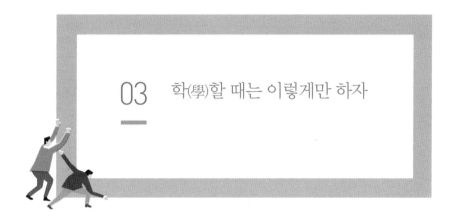

03   학(學)할 때는 이렇게만 하자

"교육의 목적은, 비어 있는 머리를 열려 있는 머리로 바꾸는 것이다."

－말콤 포브스－

삼성의 이건희 회장은 1987년 고(故) 이병철 회장으로부터 경영권을 넘겨받아 2002년까지 14년 동안 규모를 14배로 성장시키고 브랜드 이미지를 강력하게 심었다. 총매출 규모가 2005년에는 140조 원에 달했고 전 세계에 대한민국과 삼성이라는 이름을 알렸다. 그에게는 아버지인 이병철 회장으로부터 받은 좌우명이 있는데 그것은 바로 '경청(傾聽)'이라는 단어다. 또한 50만 부 이상 팔리고 베스트셀러가 된 조신영 작가의 「경청, 위즈덤하우스」이란 책에도 보면 '이건희 회장이 아들에게 전해 준 사람의 마음을 얻는 지혜'라고 적혀있다.

본래 '경청'이란 말은 '귀를 기울여 들음'이란 뜻인데 '경청(敬聽)'으로 한자어만 바꾸면 같은 음으로 '공경하는 마음으로 들음'이라는 뜻이 된다. 또, 영어에서는 'listening closely'이 경청(傾聽)이란 뜻이고 '敬聽'은 'listening courteously'으로 표기된다. 둘 다 우리가 흔히 알고 있는 'hear'이 아닌 'listen'을 쓴다. 왜 'listen'을 쓸까? 왜 경청이란 단어에서 경은 '기울이다'라는 의미의 '경(傾)'과 '공경하다'라는 의미의 '경(敬)'을 쓸까?

아주 간단한 실험 겸 게임을 해보자. 게임의 규칙은 간단하다. 친구와 단둘이 대화를 한다고 가정을 하고 1분이라는 시간을 준다. 진행자는 1분의 시간을 잰다. 한 명은 열심히 이야기를 하고 다른 한 명은 딴청을 피운다. 1분 동안 말하는 친구는 정말 1분 동안 계속 이야기를 해야 한다. 다른 한 명은 계속 딴청을 피워야 한다. 이 게임이 끝나고 나면 말하는 친구는 '1분이 너무 길었다.', '상대방이 내 이야기를 안 듣는 것 같아서 답답했다.', '화도 났다.' 등으로 반응한다. 다른 한 명은 '계속 이야기를 하는데 안 듣고 있는 것은 힘들었다.', '이야기의 주제가 흥미가 있어서 대답할 뻔했다.' 등의 반응도 보인다. 반대로 게임 룰을 바꿔서 한 명은 1분 동안 이야기를 하고 다른 한 명은 입으로는 맞장구를 치고 눈은 말하는 친구의 눈을 본다. 뚫어지게 보는 것이 아니라 '너의 이야기에 주목하고 있다.'라는 느낌을 주듯이 바라본다. 그렇게 시간이 지나면 1분이란 시간이 짧게 느껴진다고 한다. '벌써 1분이 지났어요?', '아직 이야기 시작도 못했어요.' 라는 반응이 있다. 말을 더 하고 싶어 한다. 경청에서 중요한 것은 말하는 내용도 중요하지만 듣는 사람의 자세와 태도가 정말 중요하다. 자세와 태도가 열려있고 적극적이면 말하는 사람은 더 많이 이야기하게 되고 듣는 사람도 이야기를 더 잘 듣게 되고 기억도 오래 하게 된다.

예전에 한 고등학교 오리엔테이션을 간 적이 있다. 아직 고등학교 입학식 전 2월에 학교 기숙사 호실을 배정하고 편성고사를 위해서 모인 아이들에게 동기부여와 자기주도학습 특강 멘토로 참석한 적이 있었다. 당시에는 대부분 가지고 있는 휴대폰이 폴더폰이었고 버튼도 기계식 버튼이었는데 한 학생이 한 손은 볼펜을 들고 다른 한 손은 책상 밑에 두고 있었다. 눈과 얼굴은 마주치고 있었지만 뭔가 다른 생각을 하는 느낌을 받았다. 알고 보니 휴대폰 키판을 다 외워서 왼손으로 보지 않고 문자를 보내고 받는 것이었다. 속으로 '정말 대단한 능력이다.' 라고 감탄했지만 그 학생이 강의에 경청하고 있지 않는다는 것도 알 수 있었다. 왜냐하면 눈은 특강 강사와 마주치고 있지만 그 학생의 신경과 에너지는 왼손으로 문자를 보내는 것에 쓰고 있었기 때문이다. 그저 모양만 특강을 들으며 참여하는 것이지 그 학생이 관심은 휴대폰에 있었다는 것은 부인할 수 없다.

　우리는 흔히 '수업을 듣는다.' 라는 표현을 한다. 수업은 듣는 것으로만 이루어지는 것은 아니지만 듣는 것이 큰 비중을 차지한다. 들을 때 앞서 이야기한 경청(傾聽)과 경청(敬聽)의 자세가 필요하다. 영어로는 'listen' 으로 자세를 가져야 한다. 경(傾)이란 '기울다', '경사가 졌다' 라는 뜻이다. 즉, 상대방이 말을 할 때 내 몸을 의도적으로 기울여야 한다는 것이다. 내가 상대방의 이야기에 관심이 많고 '잘 듣고 있다.' 라는 표현을 하는 것이다. 학생은 선생님의 이야기를 적극적으로 들어야 한다. '청(聽)' 이란 한자어에는 귀를 뜻하는 '이(耳)' 자와 눈을 뜻하는 '목(目)' 그리고 마음을 뜻하는 '심(心)' 자가 합쳐져 있다. 다시 말해, 귀로 듣고 눈으로 보고 마음으로 공감한다는 뜻이다. 수업 시간에 선생님의 설명에 반응하며 들어야 한다. 고개를 끄덕이고 눈을 마주쳐야 한다. 수업을 하는 시간이 듣는 사람의 반응으로 인해 금방 지나간 것처럼 느껴져야 한다. 사람들은 내가 좋아하는 내용이거나 관심 있는 주제에는 누가 뭐라고 이야기하지 않아도 집중해서 듣게 된다. 내 자세가 달라진다. TV에서 좋아하는 연예인이 나오면 내 표정부터 달라지고 관심 있는 주제의 내용이 방송되면 하던 일을 멈추고 그것에 집중하게 된다. 수업 중에 학습자가 '선생님의 말투가 너무 지루해.', '설명이 너무 어려워', '못 가르치는 것 같아' 등의 마음을 가지고 수업에 임한다면 결코 그 수업에서 성공할 수 없다. 가르침을 받는 학생이 선생님의 가르치는 방식과 말투, 설명하는 스타일, 내용을 전하는 기술 등을 바꿀 수 없다. 오직 바꿀 수 있는 것은 수업을 듣는 나의 자세이다. 수업에 참여하는 학생의 반응과 시선, 마음가짐이다. 이것을 바꿔서 수업의 내용을 내 것으로 만들어야 한다.

「시험 100점 받는 학교 수업 듣기 방법」이란 유튜브에서 공부의 신 강성태의 강의 내용을 정리해보면 다음과 같다.

수업 시간에는 선생님 말씀 공책 한 권에 전부 적기 (복습 1번)
① 농담도 적기(당시 내 감정, 교실 분위기를 수업내용과 연결이 되며 기억 더 오래감)
② 눈 계속 마주치며 쉬지 말 것(이렇게 하면 잠도 안 오고 집중력도 유지가 가능)
③ 글씨가 엉망이어도 다 적을 것
④ 수업 마치고 한번 훑기 (복습 2번)

수업 후
① 자습시간에 옮겨 쓰기+이해하기(복습 3번)
② 잘 보이도록 깔끔히 필기
③ 자기 전 읽기(복습 4번)

④ 일어났을 때 읽기(복습 5번) : 아는 내용이라 시간↓. 아는 것 확인,
   중요하거나 모르는 것 위주 복습

⑤ 주말에 내용과 목차 연결 (복습 6번)

⑥ 시험 전 따로 시간 내지 않아도 평상시에 해놓으면 복습 10번 효과

⑦ 습관화가 됨

이 모든 과정의 전제 조건은 수업 시간에 선생님 설명을 '잘 듣기' 부터 시작한다는 것을 반드시 기억하자. 필기와 흔적도 따라오는 과정이 되고 내가 하는 행동이 된다. 배울 때 적극적인 자세와 태도를 통해 경청을 실천하자. 귀를 기울여서 듣고, 존중하는 마음을 담아서 내용을 듣자. 반응을 보이자. 행동으로 옮기자. 선생님이 잘 못 가르치는 것 같아도 우리의 태도와 자세는 바르게 하자. 그러면 내용이 내 머리에 담긴다. 기억으로 남는다.

생각하기 그리고 실천하기

1 | 평소 자신의 '학(學)'할 때 태도와 마음가짐이 어떤지 적어보세요.

2 위의 1번의 태도와 마음가짐이 좋지 않다면 그 이유와 개선점을 스스로 적어보세요.

3 | 경청을 위해 가장 좋은 태도와 자세는 무엇인지 적어보세요.

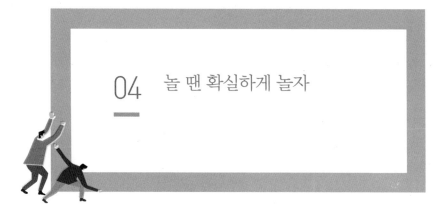

04 놀 땐 확실하게 놀자

"일하는 시간과 노는 시간을 뚜렷이 구분하라. 시간의 중요성을 이해하고 매 순간을 즐겁게 보내고 유용하게 활용하라. 그러면 젊은 날은 유쾌함으로 가득 찰 것이고 늙어서도 후회할 일이 적어질 것이며 비록 가난할 때라도 인생을 아름답게 살아갈 수 있다."

-루이사 메이 올콧-

사람은 일만 하면서 살 수 없다. 성경에도 보면 창세기에 하나님께서도 6일 동안 창조하시고 일곱째 날에 안식하셨다고 기록되어 있다. 만약에 일주일이 월 화 수 목 금 토 일이 아니라 월 화 수 목 금 금 금이나 월 월 월 월 월 월 월로 되어있다고 생각해보라. 끔찍하지 않은가? 그런데 지금 대한민국 아이들은 이런 일주일을 보내고 있지 않은가? 만약 그러한 일주일을 산다고 생각해보라. 벌써 몸과 마음이 아픈 거 같다. 사람은 반드시 적당한 휴식을 해야 한다. 그리고 놀아야 한다. 놀 때는 확실하고 재미나게 놀아야 한다. 쌓인 스트레스를 풀고 몸과 마음의 컨디션을 상쾌하게 회복시켜 주는 재충전의 시간이 필요하다.

휴식은 단순히 힘들어서 잠깐 쉬고 있는 상태가 아니다. 휴식은 몸과 마음을 재충전하는 시간이고 재창조를 준비하는 시간이다. 학교 수업 시간도 초등학교는 40분 수업 후 10분 휴식을 하고 중학교는 45분 수업 후 10분을 쉰다. 고등학교는 50분 후 10분을 쉰다. 현대인들도 업무 중 1시간을 의자에 앉아서 업무를 했다면 3분가량 쉬는 것이 좋다고 한다. 눈도 쉬고 경직된 몸도 풀어주는 것이다. 몸과 마음, 머리의 상태를 회복시켜 주는 것이다. 음악에서 보는 악보도 모두 음표로만 구성되어 있지 않다. 중간에 쉼표도 있고 숨표도 있다. 노래를 부를 때 이것만 잘 지켜도 잘 부르는 노래가 된다.

필자가 말하는 여유시간의 첫 번째 의미는 보상의 시간이다. 어느 회사에서 프로젝트를 진행한다고 했을 때 그달 매출액인 3억 원을 달성하면 팀 전원 모두 인도네시아 발리로 여행을 가는 포상을 준다고 했다고 가정해보자. 팀장을 비롯한 팀원들은 열심히 매출 달성을 위해 불철주야 노력할 것이다. 발리에 가서 편히 쉬고 휴양을 즐길 생각에 지금 열심을 내는 것이다. 실제 달성을 하고 포상 여행을 간다면 정말 아무 걱정 없이 놀고 또 쉴 수가 있다. 그런데 만약 달성하지 못했다면 여행을 간다고 해도 뭔가 찜찜할 것이고 심지어 여행지에 가서도 남은 업무를 처리하는 상황이 발생할지도 모른다. 목표를 달성해서 자신에게 보상의 의미로 자유시간도 주고 맘껏 노는 시간을 준다면, 목표를 달성한 짜릿함과 동시에 보상을 얻는 기쁨도 누릴 수 있다.

요즘 아이들은 노는 것도 많이 못 누린다. 고작 PC방을 가거나, 스마트폰을 보는 정도이다. 뭔가 잘 놀았다는 기분과 느낌이 없다면 덜 회복되고 충전도 덜 된 거나 마찬가지다. 계획된 부분을 잘 지켰을 때 자신에게 줄 보상 거리를 생각해보자. 하루 계획을 달성했을 때는 작은 거 하나, 주간 계획을 잘 지켰다면 중간 거 하나, 한 달의 목표를 달성했다면 큰 것으로 정말 하고 싶고, 놀고 싶은 것을 정해서 여유시간을 가져보자. 진짜 먹고 싶은 음식을 하는 맛집을 가서 맛있는 음식을 실컷 먹는 것도 좋다. 진짜 재밌는 영화를 봐도 좋고, 땀을 흠뻑 흘리며 축구나 농구를 해도 좋다. 분위기 좋은 카페에 가서 사진을 찍고 친구랑 이야기해도 좋고, 놀이공원에 가서 실컷 놀이기구를 타보는 것도 좋다. 노래방에 가서 좋아하는 노래를 신나게 부르는 것도 좋겠다. 어디 가까운 곳에 여행을 다녀오기도 해보자. 여하튼 정말 재충전이 확실하게 되고 컨디션이 120% 회복되는 활동으로 여유시간을 정해서 누려보자. 월간 보상으로 콘서트도 좋고 공연도 좋다. 용돈도 모으고 시간도 정해서 다녀오자.

심리학자 김태형 교수는 아이들은 놀 때 생존능력과 사회성이 발달하고, 자유로움 속에서 창의성이 계발되며, 정신건강에도 좋다고 말한다. 하지만 우리는 3살 때부터 사교육을 하고 영어를 배우러 가고 스마트폰과 태블릿으로 숫자를 공부하고 한글을 맞춘다. 하지만 많은 학자가 이것은 큰 효과가 없다고 한다. 도리어 뇌 발달을 저해한다고 한다. 스마트폰이나 태블릿이 없으면 그것을 달라고 아이들이 매달리는 현상을 보게 된다. 부모님과 아이들은 스마트폰 때문에 전쟁이다. "사달라 vs 안 된다", "이것만 보고 할게요. vs 이제 그만 봐라", "데이터를 높여 주세요 vs 벌써 그걸 다 썼니?" 등 끝나지 않는 평행선의 밀고 당김이 집마다 있다.

「중학생 3명 중 1명은 스마트폰에 지나치게 의존하는 과의존 위험군에 속하는 것으로 나타났다. 청소년이 스마트폰으로 주로 이용하는 콘텐츠로는 게임이 꼽혔다. 하지만 중학생의 스마트폰 과의존 위험 비중은 34%로 전체 청소년 비중보다 높게 나타났다. 고등학생의 경우 스마트폰 과의존 위험군 비중이 28.3%를 기록했으며, 초등학생은 가장 낮은 22.8%로 집계됐다. 중학생은 과의존 위험군 중에서도 스마트폰 중독이라 불리는 '고위험군'에 속하는 비중도 4%로 고등학생 3.3%보다 높게 나타났다.

스마트폰 과의존 위험군 청소년이 주로 이용하는 콘텐츠는 게임이

95.8%로 1위를 차지했다. 이어 영화 · TV · 동영상 95.7%, 메신저 94.6%, 음악 94.1%, 학업 · 업무용 검색 90.6% 순을 나타냈다. 초등학생은 영화 · TV · 동영상 등을 주로 이용하는 것으로 나타났지만, 중고등학생은 게임이 이용률 1위를 차지했다.」(News1 2019. 05. 01)

다시 한번 이야기한다. 스마트폰만 하고 PC 게임에만 너의 눈을 두기에는 세상에 볼 것이 많다. 가볼 곳도 많고, 경험해 볼 것도 누려볼 것도 많다. 여유시간에 해보자.

두 번째 여유시간의 의미는 만회의 시간이다. 일주일의 주말은 주중보다 활용이 가능한 시간이 비교적 많다. 그래서 현대인, 주말부부는 그동안 쌓여있던 집안일을 몰아서 하기도 한다. 장을 보거나 쇼핑도 한다. 그만큼 주말은 주중보다 시간적 여유가 있다. 그런데 만약 주중의 계획을 다 못 지킨 부분이 있다면? 평일에 생각지 못한 변수와 자신의 컨디션 저하 등으로 미처 달성하지 못한 부분이 있다면 주말의 여유시간에 그 부분을 마저 채워서 달성한다. 일일 계획은 지키지 못 했지만, 주간 계획으로 보면 달성한 게 된다. 그래도 자신에게 보상할 시간을 줄 수가 있다. 만약 만회의 시간이 너무 오래 걸린다면 일일 계획을 너무 과도하게 설정한 것이 아닌가 점검하고 자신의 계획을 지킬 수 있도록 하자. 보완하고 만회를 한다면 자신에게 또 다른 보상으로 휴식을 하거나 놀자.

　계획을 너무 꽉 맞게 틈이 없이 세우지 않는 것이 지혜로움이다. 예측불허의 변수를 고려해서 목표를 설정해야 달성할 가능성도 높아진다. 하루에도, 주말에도, 월에도 여유 계획을 수립하자. 자신을 격려하고 칭찬할 수 있는 충분한 보상으로 자신을 만족시키자. 만약 못 지켰더라도 그 여유시간에 만회하고 보충해서 전체적으로 봤을 때는 목표를 성취했다는 성취감을 느껴보자. 그래서 자신의 꿈에 한 걸음 더 가까이 갔다는 뿌듯함을 누려보자.

1 | 세운 학습 목표를 100% 달성해서 놀게 된다면 어떤 것을 하고 싶은지 적어보세요.

_____

_____

_____

_____

2 | 그동안 시간, 환경, 금전적 제약으로 인해 못 해본 놀 거리가 있다면 적어보세요.

_____

_____

_____

_____

3 | 과거에 목표를 달성해서 충분히 쉬고 놀아본 경험이 있나요? 그것은 언제, 무엇 때문이었나요?

_____

_____

_____

_____

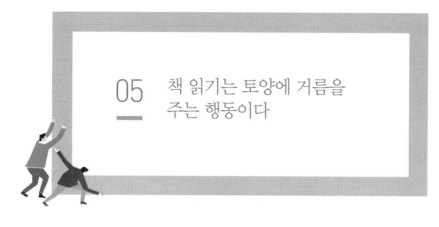

05 책 읽기는 토양에 거름을 주는 행동이다

"책은 인생의 험준한 바다를 항해하는 데 도움이 되게끔 남들이 마련해 준 나침반이요, 망원경이요, 육분의(배의 위치를 판단하기 위해 천체와 수평선 사이의 각도를 측정하는 광학장치)요, 도표이다."

−제시 리 베넷−

독서는 시대 특성의 거울이라고 한다. 고대 그리스와 로마시대는 철학을 이해하거나 웅변을 잘하기 위한 수단으로 독서를 했고 중세에는 성경을 이해하는 종교적 목적으로 독서를 했으며 현시대는 이 모든 것에 여가의 수단까지 통합해서 독서를 한다.

독서에 관한 책만 해도 그 수는 어마어마하다. 책 읽기의 중요성만 다룬 책도 있고 책 읽는 방법만 다룬 책도 있으며 책 읽기를 통해 성공한 사람들만 모아놓은 책도 있다. 그만큼 책 읽기는 인생에서 중요하고 성공의 발판이라는 것을 의미한다. 하지만 대한민국 사람들의 책을 읽는 비율은 감소하고 있다.

대한민국 고등학생 약 15%는 재학 중 책을 한 권도 읽지 않은 것으로 나타났다. 우리나라 고등학생들의 한 달 평균 독서량은 교과서와 참고서, 만화책 등을 제외하고 약 1.81권으로 조사됐다. 고등학생 7명 가운데 1명은 재학 3년 동안 책을 한 권도 읽지 않는 것으로 나타났다. 학생의 연평균 종이책 독서량은 28.6권으로, 2015년 29.8권에 비해 감소했다. 학년이 올라갈수록 독서율이 점차 감소돼 눈길을 끈다. 조사 대상 고교생 중 '재학 중 책을 읽지 않았다.' 라고 응답한 학생은 15.5%였다. 이는 7명 중 1명이 책을 읽지 않는 것과 같은 수치. '재학 중 책을 읽었다.' 라고 응답한 학생은 84.5%로, 평균 독서량은 2.23권이었다. 그런가 하면, 만 19세 이상 성인 6천 명을 대상으로 조사한 독서 실태에 따르면, 1994년 처음 조사가 시작된 이후 성인의 독서율은 59.9%로 역대 최저치를 기록했다. 독서율은 2017년 기준 전 국민이 1년간 교과서와 수험지 등을 제외한 일반 도서를 1권이라도 읽었는지 조사한 통계수치다. 이는 국민 10명 중 4명이 1년간 책 한 권을 읽지 않는 것과 같다. 앞서 나타난 2015년 독서 실태 결과와 비교하면, 5.4% 포인트 감소한 수치다. 전자책 독서량을 포함하더라도 그 해 독서율은 62.3%에 불과하다. 종이책을 읽는 성인의 독서량을 보면, 평균 8.3권이었다. 이는 2015년 조사 때 결과인 9.1권에 비해 0.8권 줄어든 수치다. (데일리굿뉴스, 고교생 15% 3년간 책 한 권도 안 읽어 2018.11.12)

여기에서는 책 읽기는 왜 중요한지, 어떤 책을 읽어야 하는지, 어떤 방법으로 읽어야 하는지에 대해 두 가지만 기본적인 부분으로 살펴보도록 하겠다.

책 읽기는 왜 중요할까?

첫째, 간접경험으로 살아보지 못한 인생을 경험하게 해준다. 사람은 경험을 하며 배운다. 그리고 기억한다. 하지만 시간과 공간은 한정되어 있고 자신의 형편과 사정으로 인해 제약을 받는 경우도 있다. 세상을 살면서 한번 지나가는 시간에 모든 경험을 다 섭렵할 수는 없다. 하지만 책은 그 범위를 넓혀준다. 책을 읽으면 책을 읽는 순간 과학자도 되고, 소설가도 되고, 수학자도 되고 의사도 된다. 교수도 될 수 있다. 다른 사람들의 인생을 간접으로 경험하게 해서 나아가서는 결국 나를 발견하게 되고 내가 원하는 경험을 찾을 수 있는 눈과 능력이 생긴다

둘째, 독서는 공부의 기초를 튼튼하게 만들어 준다. 배경 지식을 쌓게 해주고 독서를 통해 얻는 이 배경 지식은 결국 공부를 쉽고 즐겁게 해줄 수 있다. 모든 공부는 읽기가 큰 비중을 차지한다. 읽기 능력이 뛰어나면 문제를 풀 때에도 문제가 요구하는 단어의 의미를 빠르고 정확하게 파악할 수가 있고 국어뿐만 아니라 모든 과목의 내용 중 중요하고 필요한 것들을 구분하고 짚어 낼 수 있는 능력도 생긴

다. 그 시간이 점점 단축되어서 많은 내용을 빠른 시간에 파악하고 기억하게 되어서 스스로 발전하게 되고 사회에서 경쟁력이 생긴다.

그렇다면 어떤 책을 읽어야 할까?

우선 자신의 관심 분야에 있는 책들을 본다. 역사에 관심이 있으면 역사를 주제로 쓴 책을 본다. 관심이 있는 작가가 생기면 그 작가가 쓴 책을 본다. 어떤 책을 읽을까 크게 고민하지 않아도 된다. 우선 선택해서 읽다 보면 잘 읽히는 책이 있고, 덮고 싶은 책이 있고, 한 번에 쭉 읽고 싶은 책이 있고, 틈틈이 읽고 싶은 책이 있다. 꼭 읽겠다는 오기를 불러오는 책도 있다. 이렇게 우선은 책을 가까이해서 접하다 보면 자신만의 책을 고르는 노하우가 생긴다.

나라와 학교에서 추천하는 추천도서도 살펴보자. 그냥 아무렇게나 선정한 도서들을 추천도서로 정하는 것이 아니다. 충분히 연구하고 고민하여 아이들에게 도움이 되고 지적 영양분을 공급해주기에 적절한 책들을 추천하는 것이다. 물론 나에게는 어렵고 잘 안 읽히는 책도 있을 것이다. 하지만 그런 읽기를 시도했다는 것 자체만으로도 나름의 가치가 있고 또 그렇게 시도를 계속하다 보면 손이 가고 눈이 가는 책들이 생긴다. 신기하게도 이런 과정을 거치고 나면 손이 안 가고 잘 안 읽히던 책이 언제부턴가는 잘 읽히게 되는 것을 발견하게 될 것이다.

책은 어떻게 읽어야 할까? 책 읽기의 방법은 4가지 정도가 있다.

골라 읽기 독서법 : 한 권의 책을 읽기 전에 미리 책의 어느 페이지나 항목을 중점적으로 읽을 것인가 생각해 둬 시간을 절약하는 독서법이다.

신트로피칼 독서법 : 하나의 주제에 대해 한 권만이 아니라 몇 권의 책을 읽는 독서법이다.

라이프니츠 독서법 : 한 권의 책을 계속 되풀이해서 읽는 독서법이다.

덩굴더듬기 독서법 : 차례로 어떤 주제에 관련되는 책을 읽어나가는 독서법이다.

실제로 필자는 2013년 한국사능력검정시험을 준비할 때 조선 후기까지는 인강과 기본교재를 가지고 준비를 했으나 일제강점기부터는 교재로는 잘 이해되지 않고 독립운동을 했던 단체도 굉장히 많아서 파악하기 어려웠다. 그리고 당시 시대가 아주 급박하게 돌아가는 사건에 사건이 계속 일어나 전체 흐름을 파악하기 힘들었다. 하지만 내용은 굉장히 흥미가 있었다. 그래서 근현대사 책들을 읽기 시작했다. 사학과 출신의 교회 선배에게 책을 추천받기도 했다. 그때 읽었던 책은 「한국현대사, 서중석 저, 웅진지식하우스」, 「한 권으로 읽는 조선왕조실록, 박영규 저, 웅진지식하우스」, 「교과서 밖으로 나온 한국사, 최태성 · 박광일 저, 씨앤아이북스」인데 상당히 재미있게 읽었다. 물론 시험 전에도 도움이 많이 되었고 그 후에도 한참을 관련 책을 읽었다.

공부할 시간도 없는데 언제 책을 읽느냐고 말한다. 하지만 우리는 SNS를 하고 거기에 댓글을 달며 상대방의 반응을 기다리는 데에 시간을 쓴다. 그러기에 앞서 책을 가까이하자. 한 권을 정하고 손에 들자. 틈날 때마다 읽기도 하고 그렇게라도 실천해보고 시간을 정해놓고 책 읽기를 하자. 휴대폰으로 타이머를 맞춰놓고 알람이 울리면 그 시간은 책 읽기 시간으로 실천해도 좋다. 어떤 방법이던지 책을 읽자. 책을 읽으면 공부를 하는 데에도 큰 도움이 될 뿐 아니라 인생을 살아갈 때도 많은 힘이 될 것이다.

1 | 살면서 가장 뜻깊게 읽은 책은 무엇이고 그 이유는 무엇인가요?

2 | 책 읽기가 주는 이점은 무엇인지 자신만의 생각을 적어보세요.

3 | 어떻게 하면 책 읽기를 더 잘할 수 있을까요?

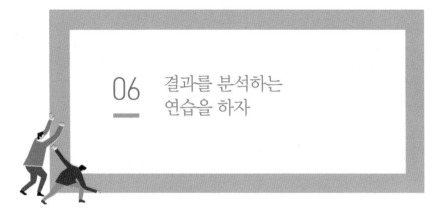

06 결과를 분석하는 연습을 하자

"제대로 배우기 위해서는 거창하고 교양 있는 전통이나 돈이 필요하지 않다. 스스로를 개선하고자 하는 열망이 있는 사람들이 필요할 뿐이다."

-아담 쿠퍼-

공부를 위한 준비를 하고 계획을 수립한 후 실천한다. 하지만 누구나 그렇지만 원하는 만큼의 결과를 얻지 못할 때도 있다. 작든 크든 실패를 경험하고 또 작든 크든 좌절을 경험하기도 한다. 보통의 학생들이나 사람은 반성을 한다. 그리고 '다음에는 더 잘해야지!' 라는 마음을 먹는다. 하지만 이것만으로는 많이 부족하다. 이것은 누구나 다 하는 마음먹기이고 결심이다.

사람은 살면서 병에 걸리지 않도록 예방을 한다. 병원에 가서 예방 접종 주사도 맞고 평소 운동도 한다. 식사도 골고루 하고 잠도 충분히 자야 건강하다. 하지만 그럼에도 불구하고 감기 같은 병에 걸리거나 몸이 아플 때가 있다. 그러면 치료를 해야 하는데 병원에서는 치료약도 주지만 증상이 심할 경우 각종 검사를 통해 내가 왜 이병에 걸리게 되었는지 살펴볼 때가 있다. 피검사, 소변검사, X-레이 등을 통해 내가 왜 아프게 되었는지 원인을 찾고 그 원인을 제거하는 치료법을 시작한다. 그러면 '아 다시는 이런 병에 걸리지 말자!' 라는 마음가짐으로는 부족하다. 자신이 그 병에 걸리게 된 원인을 찾아 그것을 제거하거나 개선해야 다시 그 병에 걸리지 않을 수 있다. 일교차가 큰 날씨에 자다가 감기에 걸렸다면 집안의 온도 조절이나 습도 조절을 통해 가습기 세척도 매일매일 하면서 다시는 감기에 걸리지 않도록 대비를 해야 한다.

2019년 10월 필자의 아들은 폐렴이란 병에 걸려 일주일 입원을 하여 치료를 받았다. 열이 높아서 병원을 두 곳이나 갔지만 처방을 받은 것은 목감기, 열감기라는 진단과 그에 따른 약이었다. 하지만 밤새 열이 계속 오르락내리락했고 더 이상은 해열제의 효과를 볼 수 없어 대형병원 응급실에 가게 되었다. 피검사를 하고 X-ray를 찍으니 결국, 폐렴이라고 진단을 받게 되었다. 그래서 입원을 결정하고 링거를 맞고 항생제를 투약하며 꼬박 일주일을 입원하여 치료를 받았다. 사전 두 곳의 병원에서는 "우리 아들이 폐렴인가요?" 라는 질문에 의사는 "그렇지 않습니다." 라고 했는데 '폐렴' 이란 확진을 받고 나니 다소 화도 났다. 왜 폐렴에 걸렸을까를 생각해 보니 10월 초 어느 휴일에 사람이 많은 시장과 실내 놀이터를 아침부터 밤까지 대중교통을 이용해서 다녀온 것이 아들에게는 체력적으로 힘들었고 면역력을 떨어뜨려 그것이 폐렴으로 이어진 것이라고 판단하였다. 이 결과 단순히 '다음부터는 조심해야겠다.', '앞으로는 걸리지 않도록 해야지.' 라는 마음을 먹은 것으로 그친 것이 아니라, 앞으로는 다소 무리가 되는 스케줄은 정하지 않기로 했고 길어야 반나절 정도만 노는 일정을 잡기로 했다. 그리고 아이가 아프다면 오진을 내린 앞서 두 곳의 병원은 더 이상 가지 않기로 했다. 특히 일교차가 큰 날씨에는 수시로 아이의 상태를 체크하기로 했고 식생활과 면역력 향상에 도움이 되는 어린이 비타민 등을 섭취하게 했다. 이렇게 원인을 분석하고 그것에 따른 대안을 수립했다.

피드백(feedback)이란 말은 본래 정보통신 분야에서 사용되는 용어로 "자동 제어 장치에서 목푯값과의 편차가 끊임없이 검사될 때 제어 장치에 신호로 편차가 없는 방향으로 보내는 일"(네이버 사전)을 의미한다. 하지만 현대사회에서는 보통 어떤 일에 대한 결과에 대하여 장·단점을 분석하여 장점을 극대화하고 단점을 수정, 보완하는 것을 의미한다. 이러한 피드백의 습관이 매일매일 있는 것이 유익하다. 특히 공부를 계획하고 실천한 후 매일 그것을 분량과 질에 따라 피드백하는 습관이 필요하다.

'좋은생각' 2019년 11월 호에 보니 마이크로소프트사는 2018년부터 직원 간의 소통을 활발하게 하기 위해 '피드백'이란 단어를 쓰지 않는다고 한다. 평가를 내리는 듯한 부정적 인식 때문이다. 대신 '관점'이라고 하자 타인의 말을 덜 공격적으로 받아들였고 협업이 늘었다고 한다. 그 용어가 어찌 되었든 한 기업에서도 부서별, 개인별 점검을 하고 분석을 하여 이후에는 더 나은 결과물이 나올 수 있도록 다시 준비를 한다. 그리고 적용하여 실행한다.

자신의 공부 실천에 대해, 꿈을 향한 전진에 대해 오늘 하루, 일주일, 한 달을 피드백이든 관점이든 되돌아보는 시간을 가져야 하고 그 흔적을 남겨야 한다. 똑같은 실수를 반복하지 않고 자신의 좋은 컨디션이 유지될 수 있는 비결을 스스로 찾아야 한다. 잘한 부분을 찾아 더 잘할 수 있도록 하고 그에 따른 교재와 공부 방법 등을 기록하고 잘 기억해서 다음 날, 다음 주, 다음 공부 계획에도 적용하는 것이 굉장히 중요하다. 이것은 학창시절 학업에만 도움이 되는 것이 아니라 사회에 나가서 취업을 한 후에도, 사회생활을 하거나, 가정에서도 적용될 수 있는 중요한 습관과 행동이 된다.

EBS에서 방영된 공부의 달인이라는 프로그램에 나왔던 서울대학교 경영학과의 서상훈 학생 편을 보면 서상훈 학생은 '공부를 잘해야겠다.' 라는 마음을 먹고 난 후, 방과 후부터 새벽 4시 반까지 공부를 했다. 신문이 배달되는 소리가 들릴 때까지 공부하고 해가 뜰 때까지 공부할 때도 많았다. 약간의 쪽잠을 자면서 공부를 했고 시험 전에는 책의 내용을 무조건 다 외우기로 했다. 책에 있는 모든 내용을 다 외우면 어떤 문제가 나와도 100점을 맞을 것이라고 확신하며 책을 통째로 외웠다. 하지만 노력한 만큼 결과를 얻지 못했다. 공부의 양만으로 봤을 때는 1등을 했어야 하는데 그렇지 못했다. 그래서 실망했지만 자신만의 공부비법을 찾기로 한다. 똑같이 무조건 열심히만 하는 것이 아니었다. 치렀던 시험지를 들고 공부한 내용을 비교해 가며 분석했다. 핵심 내용의 이해와 숙지, 선생님의 출제 경향, 집중할 것과 버려야 할 것을 분석하고 다음 시험 때는 다 외우려고 했던 태도를 버렸다. 그러니 공부의 강약을 가리는 시각을 갖게 되었다. 그동안에 쌓았던 끈기와 노력은 그대로 지켜내며 적용했다. 스스로의 수업 중, 방과 후 하는 공부법이 달라지고 시험에 나올 만한 내용과 서술형도 찾아낼 수 있을 만큼의 정리도 가능해졌다. 중요하고 강조된 부분을 체크하고 부연설명을 구분해낼 수 있을 만큼의 요령이 생겼고 시간도 관리하게 되었다. 효율성이 높아지며 불필요한 반복을 줄여서 효과적으로 공부를 하게 되고 결국 최상위권이 될 수 있었다.

이 방법은 일상생활에서도 적용해야 하고 공부에 대해서도 물론 실천해야 한다. 사회에 진출한 성인이 되어서도 마찬가지다. 자신이 처한 현재 위치에서 공부에도 사업에도 일에도 결과에 대해 평가를 하고 그 결과를 분석하는 것은 매우 중요하다. 그 분석의 내용을 다음 계획에 적용하여 어제보다 나은 오늘을 살도록 해야 한다. 학업에 있어서는 좀 더 효율적인 공부를 하고 자신이 설정한 목표에 대해서는 한걸음 더 가까이 가는 오늘 하루가 되게 하자.

1 | 그동안 살면서 장점을 더 키운 사례가 있다면 무엇인지 적어보세요.

_____

_____

_____

_____

2 | 그동안 살면서 약점을 극복한 사례가 있다면 무엇이고 그 방법은
무엇이었나요?

_____

_____

_____

_____

공부를 잘하는
줄기 뻗치기

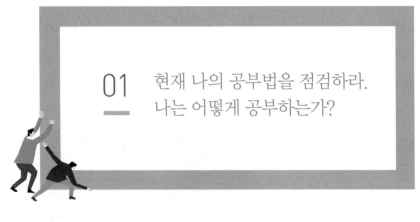

01 현재 나의 공부법을 점검하라.
나는 어떻게 공부하는가?

"세상을 바꿀 생각은 누구나 하지만 자신을 바꾸려는 사람은 아무도 없다."

―톨스토이―

대한민국 아이들은 대부분 공부하기를 싫어하지만 공부는 잘한다. 실제 2016년 12월 OECD가 발표한 '국제학업성취도평가(PISA: OECD가 2000년부터 3년마다 한 번씩 각국의 만 15세 학생들을 대상으로 학업 성취도를 비교해 보는 테스트)'에 따르면 우리나라는 평가 항목인 읽기, 수학, 과학 등 3개 영역에서 모두 상위권을 차지했다. 우리나라는 PISA 2000년부터 줄곧 상위권에 머무르고 있다. (뉴스핌 2016.12.06)

우리나라는 계속해서 1위 핀란드와 어깨를 나란히 하고 있는데 세계 언론에서는 한국은 공부 잘하는 나라지만 부러운 나라는 아니라고 한다. 핀란드는 대한민국과 완전 정반대인 교육 시스템을 갖고 있다. 대한민국의 2006년 PISA 책임관리자는 다음과 같이 말했다. "한국 학생들이 세계에서 공부를 잘하는 아이들인 것은 맞지만 제일 행복한 아이들은 아닙니다. 공부 의욕은 낮지만 성적은 좋습니다. 그 이유는 무엇일까요? 바로 경쟁 때문입니다." (MBC 열다섯 살, 꿈의 교실)

안타깝지만 대한민국의 교육시스템과 학생들을 본받기 위해 벤치마킹하는 나라는 드물다. 필자는 대한민국 아이들이 공부를 즐겁고 재미나게 하길 원한다. 그런데 현실과의 거리가 너무 멀다. 하지만 그렇다고 무조건 해외로 이민을 가거나 유학을 갈 수는 없는 노릇이기에 현실에서 우리가 공부를 어떻게 하면 잘할 수 있고 재밌게 할 수 있는지를 살펴보자.

흔히들 잘 못하는 과목일수록 내 책장에 그 과목과 관련된 책이 많다. 그 책들은 보통 앞과 뒤만 본다. 처음은 호기 좋게 시작해서 그렇고 뒤는 정답을 수시로 확인해서 그렇다. 「응답하라 1988」이라는 드라마를 보면 서울대에 다니는 성보라에게 과외를 받기로 하는데 주인공 덕선이가 수학의 정석을 가지고 와서 말한다. "내가 우리 반에서 집합은 제일 잘해." 하지만 그 이상의 진도를 나가지 못한 것이다. 지금도 비슷한 상황에 처해 있는 아이들이 많다. 이럴수록 자신에게 맞지 않는 교재들을 과감히 정리한다. 나에게 맞는 교재를 선정하고 그것부터 끈질기게 끝까지 보는 것을 추천한다. 그렇다면 나에게 맞는 교재는 무엇일까? 보통 전문가들은 내가 보기에 약간 어려운 교재, 문제를 풀면 10문제 중 6~7문제는 맞추지만 나머지는 틀리는 교재가 적절하다고 한다.

이 책을 읽는 독자는 공부를 잘하는가? 잘하고 싶은가? 혹시 공부가, 학업성적이 자신의 비전에 걸림돌이 될까 봐 걱정이 되는가? 세상에 공부를 못하고 싶은 사람은 없다. 이왕 하는 공부, 잘하고 싶어 한다. 만약 지금 당장 학교를 그만두고 자신의 흥미와 재능의 분야를 스스로 적극적으로 개척해나갈 자신이 있다면 그렇게 해도 된다. 하지만 지금 학생의 신분과 공부를 벗어나서 그것에만 목숨을 걸 자신이 없다면 지금 공부를 어떻게 하면 잘할 수 있는지 알아보아야 한다.

우리는 공부를 잘하기 위해서 공부를 잘하는 방법에 대해 잘하는 사람의 노하우를 듣거나, 책을 보거나, 유튜브 구독 등을 하거나, 강의를 듣거나 하는 등, 즉 공급을 받고자 한다. 하지만 무엇인가 좋은 내용을 배우고 잘하는 방법들을 공급받아 적용하기 이전에 해야 할 것이 있다. 그것은 무엇일까? 자신의 공부법을 면밀히 점검하는 것이다. 모든 것에 대한 시작점은 바로 "나"이다. 이게 정말 중요하다. 인생의 목표를 설정하기 위해서 내가 좋아하는 것, 잘하는 것을 찾아본 것처럼, "나"가 중요하다. 만약 내가 이 과목을 잘한다면 '난 왜 이 과목을 잘할까', 또는 공부를 잘 못한다면 '왜 못 할까'를 살펴보자.

먼저 자신의 공부법을 점검해보라. 과목별로 차이가 있다면 과목별로 구분해서 점검해보라. 특별한 양식은 없다. 빈 종이를 펼쳐놓고 반으로 접어 왼쪽 위에는 '내가 ○○(과목명)을 잘하지 못하는 이유'라고 해서 적어보자. 예를 들면, '학교 선생님이랑 안 친하다.', '학원만 다니고 내 공부를 안 한다.', '복습은 시험 때만 한다.', '초등학교 때부터 잘 안해서 그런지 기초가 약하다.' 등 아주 작은 이유부터 굵직굵직한 이유들까지 적어보자. 그다음 오른쪽에는 다른 색깔의 펜으로 어떻게 하면 잘할 수 있을지에 대해서 자신의 생각대로 적어보라. 예를 들면, '학교에서도 학원에서 배운 거라는 마음을 먹지 않고 학교 수업도 잘 듣는다.', '평소에 복습을 조금이라도 한다.', '공부할 때만큼은 휴대폰을 꺼놓는다.', '오답노트를 만든다.' 등 앞으로도 어떻게 하면 잘할 수 있을지에 대해 써보라.

내가 ○○(과목명)을 잘 못하는 이유	내가 어떻게 하면 ○○(과목명)을 잘할 수 있을까?

　지금껏 살면서 공부를 잘했던 경험과 순간이 있다면 그것을 어떤 방법과 교재, 시간 등으로 했는지 떠올려서 다 적어보자. 이것이 첫 스타트이다. 이렇게 적어보면 나는 이 과목을 왜 못 하는지 잘 알 수 있다. 어떤 특별한 전문가를 만나서 진단을 받지 않아도 알 수 있다. 그리고 잘할 수 있는 개선점, 방법도 잘 알고 있는 나 자신을 발견한다. 정말 간단하게 잘 못하는 이유는 앞으로 안 하면 되고 잘하는 방법은 실천하면 된다. 너무 간단하게 써서 허무한가? 하지만 이렇게 자신의 공부법을 진지하게 고민하며 기록을 남겨 솔직하게 느끼는 아이들이 몇 명이나 되는가? 별로 없다. 중요한 건 자신이 하고 있는 공부법을 철저하고 자세히 들여다보라는 것이다.

1 | 가장 자신 있는 과목은 무엇이고 이 과목의 공부 방법은 무엇인가요?

_____

_____

_____

_____

2 | 가장 자신 없는 과목은 무엇이고 이 과목이 자신 없는 이유는 무엇인가요?

_____

_____

_____

_____

3 | 2번을 개선하기 위해서 자신이 할 수 있는 것은 무엇인가요?

_____

_____

_____

_____

02 예습은 '맛보기' 이다

"배움은 우연히 얻어지는 것이 아니라 열성을 다해 갈구하고 부지런히 집중해야
얻을 수 있는 것이다."
                                                                    -애비게일 애덤스-

어느 날 베○○○○○ 아이스크림을 먹으러 갔다. '무엇을 먹을
까?' 고민하다가 '베리 그래놀라' 라는 새로운 아이스크림이 나온 것
을 보았다. 그동안 먹어보지 못한 맛이라 어떤 맛일까 궁금했다. 바
로 사서 먹었다가 맛이 없으면 돈을 낭비하는 것이 되니까 직원에게
부탁했다. "이거 맛 좀 보게 해주세요." 직원이 새끼손가락보다 작은
수저로 그 신메뉴 아이스크림을 떠 주었다. 맛을 보니 고소한 그래
놀라가 식감을 더해주어서 그것을 사 먹기로 했다.

선생님들이나 공부를 잘하는 아이들의 전통적인 방법이 있다. 그
것은 '예습 · 복습을 철저히 한다.' 라는 방법이다. 그런데 예습은 얼

마만큼 어떻게 해야 하며, 복습 또한 그 정도와 방법이 무엇인지 무척이나 궁금하다. 비율은 어떻게 해야 하며 또 시간 배분은 어떻게 해야 할지에 대해 고민하는 아이들이 많다. 또 실제로 앞서 말한 바와 같이 '습' 하는 시간 자체가 부족해서 예·복습을 못하거나 포기하는 때도 많은데 실제 예·복습은 타이밍이 적절하면 시간이 오래 걸리지 않는다.

먼저, '예습'에 대해 살펴보자. 예습이란, 앞으로 배울 것을 미리 익히는 것을 말한다. 두산 백과사전에는 '학습할 사항에 대하여 미리 조사·관찰하여 문제의식을 느끼고 학습에 대한 준비를 하는 과정'이라고 정의한다. 영어로는 'preparation'이라고 하는데 잘 알다시피 'pre'라는 접두사는 '미리', '이전에', '앞서'라는 뜻이다. 즉, 본 수업 전에 먼저 공부를 하는 것이다. 이때 중요한 점이 있는데 전부 다 100% 배우거나 알아가는 것이 아니라는 점이다.

영화관에 가면 본 영화가 시작하기 전에 나오는 것이 있다. 그것은 다른 영화의 '예고편'이다. 예고편을 보면 그 영화가 보고 싶은 충동이 생긴다. 사람들이 그 영화를 다음에 꼭 와서 보고 싶도록 편집을 하고 특수효과를 넣어서 만든다. TV에서 하는 영화 소개 프로그램도 비슷한 역할을 한다. 보고 나면 본 영화가 보고 싶어진다. 그 영화의 본 이야기와 그다음 전개가 어떻게 될지 궁금해진다. 만약 인터넷 등으로 불법으로 다운을 받아 이미 영화를 다 봤다면 그 영화는 다시 영화관에 가서 볼 마음이 없어진다. 왜냐하면, 벌써 다 봐버려서 이야기와 전개도 다 알기 때문에 흥미와 기대감이 없어졌기 때문이다.

필자는 농구를 좋아해서 야외 코트에 저녁에 나가 농구를 종종 하곤 한다. 한번은 농구화를 사야 할 필요가 있어 사전 정보를 통해 2가지 모델을 마음속에 담아두었다. 그런 상태에서 농구장에 가니 사람들이 무슨 신발을 신고 농구를 하는지 한동안 신발만 주목해서 본 적이 있다. 이 말은, 미리 내가 신발에 관한 관심을 가졌고 그 신발을 어떤 사람들이 신고 운동하는지 궁금한 상태로 코트에 갔기 때문에 그 부분을 주목해서 보게 된 것이다. 공부도 마찬가지이다. 중요한 부분만 미리 알고 가면 그 부분을 주목하게 되고 집중하게 된다.

대한민국 대부분의 아이들은 학원, 과외, 인강, 공부방 등 사교육을 받는다. 앞서도 밝혔지만 대한민국의 사교육 시장의 규모는 어마어마하다. 2018년 한 해 학생 1인당 사교육비가 월평균 291,000원으로 사상 최고액을 기록했다고 발표했는데 아무도 그 금액을 믿지 않는다.

통계상으로 이렇게만 나온 것이지 실제 어느 가정에서 사교육비를 이 정도를 지출하냐고 반문한다. 필자의 아는 아이도 7살인데 태권도, 영어, 한자, 국·영·수 학습지, 수영, 피아노를 다닌다. 한 학원당 적게 15만 원씩만 해도 90만 원이다. 아이가 둘이면 그 금액은 배가 된다. 말 그대로 통계는 통계일 뿐 실제는 훨씬 사교육비로 지출되는 금액이 많다는 것을 의미한다.

보통 사교육의 형태는 95% 이상 학교에서 배울 내용을 미리 배우는 '선행학습'이다. 선행학습과 예습은 엄연히 다르다. 선행학습은 말 그대로 먼저 100% 미리 다 배우는 것이고 예습은 본 학습에 대한 문제의식을 느끼게 하고 준비를 하는 과정이다. 고등학교 고학년이나 재수생은 학원에서 선행학습을 할 필요가 없다. 왜냐하면, 벌써 입시에 관한 내용을 다 배운 상태이기 때문에 모든 사교육이 복습의 개념이 강하다. 하지만 초등, 중등, 고등 고학년은 아니다. 사교육을 통해 복습하는 경우는 거의 없다. 필자가 한 번은 초등학교 5학년 특강을 간 적이 있었는데 그 아이는 벌써 고등학교 2학년 수학 과정을 하고 있었다. 하지만 그 아이가 5학년 과정을 정말 다 알고 있는지는 모른다. 그저 많이 배우고 빨리 배웠다는 사실로 자신을 높게 평가하고 있는지 자신을 스스로 되돌아보아야 할 것이다.

더구나 학원은 선행학습을 할 수밖에 없는 구조로 이루어져 있다. 왜냐하면, 다양한 학교의 아이들이 모이기 때문이다. A 학교, B 학교, 심지어 C 학교의 아이들도 한 교실에 모여있을 수도 있다. 각각 학교마다 진도가 다르다. 심지어 같은 학교 내에서도 학급마다 진도가 다른데 학교는 그 정도가 더하다. 만약 A는 1-2, B는 1-3, C는 1-4를 배우는 중이라면? 학원은 어느 학교 진도를 맞춰야 할까? 각각의 진도에 맞추지 않는다. 훗날 배울 2-1을 가르치면 되기 때문이다. 하지만 지금 배우는 부분도 100% 전부 이해하지 못했는데 앞으로 배울 내용을 공부한다? 이것은 시간 대비 너무 낭비이고 비효율적이다. 지금 내가 중학교 2학년 1학기를 배우고 있다면 중학교 2학년 1학기의 모든 과정을 100% 이해하는 데 집중하고 시간을 쓰는 것이 더 효율적이다.

예습하는 가장 큰 목적은 본 수업에 대한 기대감과 궁금증의 발견이다. 예습을 통해서 본격적으로 배우는 수업 시간이 기다려지게 하고 궁금해진 내용을 본 수업에 해소하고 해결을 하는 것이 가장 큰 이유이다. 다시 말하지만, 예습과 선행은 다르다. 선행은 완전히 내용에 대해서 배우는 것인데 반해 예습은 내용을 100% 배우는 것이 아니다. 본인 스스로 약 10%만 알고 수업에 들어가서 나머지 90%를 해결하는 것이 목적이다. 베○○○○○에 가서 처음 보는 아이스크림을 사기 전에 맛보는 것, 엄마가 찌개를 끓인 후 맛있게 되었는지 양념을 더 넣어야 하는지 한 수저 떠먹는 것, 영화를 본격적으로 보기 전에 예고편을 통해 궁금증과 기대감을 갖는 것. 이런 역할을 하는 것이 예습이다.

예습은 등교하기 하루 전 가방을 챙길 때 보거나, 수업 시간 전에 하는 것이 좋다. 과목당 5분에서 길면 10분 정도이다. 그리고 모든 교과목 단원에는 학습 목표가 있는데 이것을 반드시 보고 본 내용을 살펴보는 것이 좋다. 읽으면서 궁금한 점, 학습 목표에 나와 있는 내용을 표시하는 정도로 하면 예습은 다 한 것이라 봐도 무방하다. 만약 내일 미술, 체육 등 실기 수업을 제외한 교과목이 5과목이라면 과목당 5분에서 10분, 즉 예습은 30분에서 40분가량 소요가 된다. 별로 많이 걸리지 않는다.

예습은 어렵지 않다. 또 많은 시간이 소비되지 않는다. 수업 전에도 가능하고 자기 전에 잠깐의 시간도 예습에 쓸 수 있다. 학교 본 수업에 임할 때 문제의식을 느끼게 되고 질문할 거리를 찾고 중요한 목표를 기억하고 간다면 예습은 성공이다. 지금 당장 모든 과목을 다 예습하려고 한다기보다는 내일 배울 학과목 중 1~2과목부터 시작해 보자. 연습이 되고 익숙해지면 예습은 학습효과를 높이는 데 큰 도움이 될 것이다.

생각하기 그리고 실천하기

1 | 지금 자신이 하는 예습의 형태와 방법을 적어봅시다.

_____

_____

_____

_____

2 | (본인이 생각하는) **예습을 하면 생기는 이점은 무엇인가요?**

_____

_____

_____

3 | (본인이 생각하는) **예습을 하지 않으면 어떤 결과가 생길까요?**

_____

_____

_____

03 복습은 소화하기

"매일 정신이 아득할 정도로 많은 시간을 연습에 쏟고 나면 이상한 능력이 생긴다. 다른 선수들에게는 없는 능력이 생긴다. 예를 들면 투수가 공을 던지기 전부터 그 공이 커브인지 직구인지 알 수 있게 된다. 그리고 날아오는 공이 수박처럼 크게 보이게 된다."

–행크 아론(MLB 홈런왕)–

　대한민국 아이들은 세계적으로 시간 대비 공부를 많이 하는 학생들이다. 하지만 그 시간 중 복습이 차지하는 비중은 적다. 앞서 언급을 했지만, 아이들은 공부하는 시간은 많은데 복습하는 시간은 정말 부족하다. 학교에서 배우고 나면 학원에서 또 배운다. 여기서 배우는 내용은 대부분 앞으로 배워야 할 내용을 미리 배우는 선행학습이다. 그렇게 시간을 보내고 집에 오면 쉬어야 한다. 하지만 그 시간도 잠시뿐, 잠깐 쉬고 나면 숙제도 해야 하고 숙제를 겨우 마치면 자야할 시간이 된다. 결국, 배운 내용을 다시 보는 복습은 못 하게 된다.

복습은 '반복 학습'의 줄임말이다. 즉 반복해서 배우고 익혀서 100% 다 알게 되는 것. 이것이 복습이다. 국어사전에는 '배운 것을 다시 익혀 공부함'이라고 정의한다. 좀 더 자세히 살펴보면 '학습한 내용을 확실히 이해하고 자신의 것으로 만들기 위하여 일정한 시간이 지난 뒤 반복하는 학습활동'이다. 영어로는 반복을 의미하는 접두사 're'가 붙은 'review'인데 말 그대로 자신의 것이 될 때까지, 반복하는 것이 복습이다. 음식을 섭취하는 것으로 비유한다면 그 음식을 다 먹고 난 후 운동도 하고 소화도 시키며 뇌의 활동을 해서 나에게 피가 되고 살이 되게 하는 것이다. 또 근육이 되게 하는 과정이다. 전부 다 내 것으로 소화하는 것, 이것이 복습이다. 만약 학교 수업 중에 배운 내용으론 부족하다면 다른 방법을 통해 또 배워야 할수도 있다. 반복을 통해 수업내용을 100% 이해하고 기억하는 것. 이것이 복습의 이유이다.

복습은 언제 하는 것이 효과적일까?

질문 ① 언제 하는 것이 가장 효과가 높은 복습법인지 아래의 보기에 고르시오.

(1) 배운 다음 다시 보는 시간의 간격이 짧고 자주 보는 것

(2) 배운 다음 평가받기 전에 오랫동안 한꺼번에 몰아서 보는 것

정답 : (1)번

질문 ② 어떻게 어떤 내용을 복습해야 효과적인지 아래의 보기에 고르시오.

(1) 가지고 있는 참고서, 문제집과 학원에서 요약정리해준 프린트
(2) 학교에서 선생님께 배운 교과서와 설명을 적은 노트 필기

정답 : (2)번

「경남 거창대성고등학교 김대회 학생은 모의고사에서 전국 1등을 하였는데, 야간 자율학습시간에 가장 공을 들이는 공부는 그날 배운 수업 내용이다. 노트를 정리하고 두세 번 읽어 완전히 이해하는데 거의 모든 시간을 보낸다. "수업시간에는 연습장에다가 빠르게 연필로만 필기해놓고 야간 자율학습시간에 이 공책에 옮겨 적고 그날 저녁에 한 번 더 읽어보든지, 주말에 더 읽어보든지 하고, 내신 시험 치르기 전에 두세 번 더 반복해서 읽어요."」 (EBS 공부의 왕도, 김대회 편)

여기서 김대회 학생의 특징을 보면 수업내용을 내신 시험 전까지 5번 이상은 본다는 것. 이렇게 완전히 이해하는데 거의 모든 시간을 보내는 이유가 있다. 그것은 '에빙하우스 망각곡선' 때문이다. 사람은 학습 후 10분 후부터 망각이 급격하게 시작되는데 하루만 지나도 70%를 잊어버리고 한 달이 지나면 80% 이상을 망각한다는 것이다. 그런데 10분 내로 복습을 하면 기억을 하게 되는 분량이 늘어난다.

또한, 10분 내 복습을 하면 1일 동안 기억되고, 다시 1일 후 복습을 하면 1주일 동안, 1주일 후 복습하면 1달 동안, 1달 후 복습하면 6개월 이상의 장기기억이 된다는 연구 결과다.

필자가 만나본 아이들의 대부분은 시험 직전부터 일명 '벼락치기' 공부를 했다. 시험 범위가 나오면 그 시작 범위부터 범위 끝까지 시간을 정해서 한꺼번에 몰아서 공부한다. 시험 직전에는 밤을 새워가며 공부하기도 하고 밥 먹는 시간도 쪼개서 한다. 하지만 이 공부법의 두 가지의 큰 맹점(盲點)이 있다. 하나는 벌써 배운 내용을 다 잊어버린 상태이기 때문에 새로 공부를 시작하게 되어서 시간이 오래 걸린다는 점이고, 두 번째는 시험이 끝나면 공부한 내용이 장기기억으로 되지 못하고 머릿속에도 남지 않는다는 점이다.

수업 직후에는 내용을 다 아는 것 같지만 실제로는 1교시 때 배운 내용을 10분 내 복습하지 않는다면 3교시 정도 되면 그 내용이 거의 기억이 되지 않는다. 복습도 타이밍이 있다.

4가지 종류로 복습의 형태를 살펴보면 그것은 '직후 복습-그날 복습-주중 복습-주말 복습-월간 복습'이다. 직후 복습을 하게 되면 그 시간이 5분 정도 시간이 걸린다. 말 그대로 수업이 끝난 후에 곧바로 하는 복습이다. 이것은 학교의 쉬는 시간을 활용해도 좋다. 다음으로 그날 복습은 과목당 15분 정도로 6과목 기준으로 약 90분 정도가 걸린다. 직후 복습을 한 상태이기 때문에 그날 저녁에도 배운 내용은 기억이 난다. 그리고 다음 날이나 다음다음 날 내용을 또 보게 되면 복습의 시간은 짧아지고 내용의 기억은 더 확실하게 된다. 주말 복습 시간에도 그 시간이 길지 않다. 왜냐하면, 자주 보았기 때문에 내용이 금방 이해되고 기억이 난다.

평소에 '습' 할 시간이 부족하다고, 또 그 필요성을 잘 못 느끼는 아이들은 반드시 기억하길 바란다. 계속 강조하지만, 예습을 통해 기대를 하고 복습을 통해 100% 학습 내용을 소화해라. 예 · 복습을 하는데 필요한 양적 시간은 그리 많이 필요하지 않다. 그리고 시간대를 잘 활용하면 더욱 효과를 볼 수 있다. 직전 예습 또는 가방 챙기기 전 예습을 하자. 수업 후 10분 내로 직후 복습을 하고 방과 후에는 그날 복습을 하자. 주말에도 짧은 시간을 내어 주말 복습을 하자. 우리가 공부하는 이유는 시험 후 다 잊어버리는 지식을 쌓는 것이 아니라 장기적으로 기억을 하기 위해 지식을 머릿속에 축적하는 것임을 잊지 말자.

1 | 평소 자신이 실천하고 있는 복습은 무엇인가요? (언제, 어디서, 어떻게)

_____

_____

_____

_____

2 | (본인이 생각하는) 복습의 이점은 무엇인지 적어보세요.

_____

_____

_____

_____

3 | 앞으로 스스로 실천할 복습의 계획은 무엇인가요?

_____

_____

_____

_____

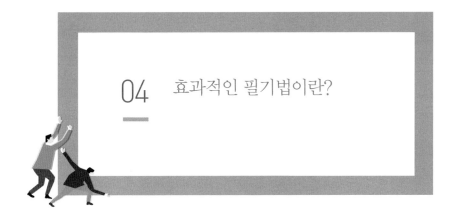

04   효과적인 필기법이란?

"느닷없이 떠오르는 생각이 가장 귀중한 것이며, 보관해야 할 가치가 있는 것이다. 메모하는 습관을 갖자."

-베이컨-

"기록하지 않았다면 기억되지 않는다." 필자가 만든 말이다. 기억하려면 반드시 기록해야 한다는 의미이다. 아무리 머리가 똑똑하고 IQ가 좋다고 하더라도 시간이 지나면 기억은 잊힌다. 따라서 기록은 반드시 해야 한다. 서양 속담에는 "명석한 두뇌보다 희미한 펜의 자국이 낫다."라는 말도 있다. 즉, 아무리 똑똑해도 기록을 능가할 수 없다는 것을 의미한다.

상대성이론으로 인류 과학에 큰 획을 그은 아인슈타인에게 다음과 같은 일화가 있었다.

「아인슈타인에게 어느 날 기자가 찾아와서 그의 실험실을 보여달라고 요청했다고 한다. 아인슈타인은 딱히 보여줄 것이 없다며 사양을 했다. 기자는 최고의 과학자가 사용하는 실험실이란 얼마나 멋진 곳일까 기대감에 부풀어 실험실을 꼭 보고 싶다고 재차 부탁했다. 그러자 아인슈타인은 주머니에서 만년필을 꺼내어 보여주며 이것이 나의 과학 장비라고 말했다. 기자는 무척 당황해서 그러면 과학 장비 중 제일 중요한 것을 보여달라고 요청했다. 그러자 아인슈타인은 옆에 있던 휴지통을 가리키며 "바로 저것입니다"라고 말했다. 즉, 아인슈타인은 떠오르는 생각을 잊어버리지 않도록 메모하고 계산할 수 있는 만년필과 필요 없는 메모지를 버릴 휴지통만 있으면 된다는 것이다.」 (하루 15분 정리의 힘 (2012.위즈덤하우스) 中)

세계적으로 유명한 사람들은 공통점이 있는데 기록 광이었다는 것이다. 또 우리나라에서 한동안 대학생이 존경하는 인물 2위를 했고, 의사, 컴퓨터 프로그래머, 회사 대표, 교수, 작가, 국회의원 그리고 대통령 후보를 한 안철수 위원도 다음과 같이 말했다. "예전에는 메모들을 주로 했어요. 아이디어가 생각나면 메모를 했는데요. 운전하다가도 메모하고 목욕을 하다가 메모하고 그런 것들을 쌓아놓는데 그게 쌓이다 보니까 너무 많아져서 가방에 넣고 다니게 됐어요. 그런데 어느 순간에 보니까 가방의 무게가 10kg 정도 되었어요." (KBS1 단박 인터뷰 中)

심지어 꿈을 이루는 데에도 중요한 행동이 있다. 앞서 우리도 하지 않았는가. 맞다. 바로 종이 위에 쓰는 것이다. 기록으로 남기는 것. 그만큼 기록이 중요하다. 꿈을 성취하는 수단으로도 기록은 빠질 수가 없다. 공부할 때도 필기가 중요하다. 공부를 잘할 수 있는 많은 습관 중에 메모하는 습관이 반드시 들어가는지 그것은 알 수가 없지만, 기록과 메모를 통해 지식이 축적된다면 그것은 나에게 큰 자산이 되고 도움이 된다는 것은 부인할 수 없다. 자, 기록이 중요하다는 것은 알았다. 그렇다면 어떻게 하는 것이 효과적이고 효율적인 필기가 될 수 있을까?

공부와 연관이 깊은 필기법에 대해 살펴보자. 먼저 좋은 필기법과 방법에 대해 알아보기 전에 필기법 중 안 좋은 방법을 짚어보자. 예를 들면, '예쁘기만 한 공책을 고른다.', '여백이 없이 빽빽하게 쓴다.', '나중에 어디에 뭘 적었는지 찾기가 어렵다.', '공부 잘하는 친구 것을 베끼면 되니까 지금은 대충 한다.', '선생님이 적으라고 하는 것만 적는다.' 등. 또 다음에 보았을 때 '무슨 글씨인지 알아볼 수 없다.'라면 그것은 하나 마나 한 기록이고 필기이다. 역사 노트 뒷장에 국어 필기가 있고 학교에서 부교재로 나눠준 프린트물은 어디에 두었는지 잘 기억하지 못하는가? 위의 내용 중 자신에게 해당하는 것이 있다면 지금부터 개선해보자. 기록은 남기는 것 자체로 의미가 있지만, 그 기록을 훗날 다시 볼 때 그 힘을 100% 발휘하게 된다. 하지만 알아보지 못하고 어디 있는지 잘 찾기 어렵다면 그 기록의 가치는 거의 없다.

아이들과 멘토링 수업을 할 때도 받는 질문이 있다. 그것은 두 가지인데, 이 두 가지 질문은 다른 과목 수업 중에도 지양해야 한다. 하나는 "선생님 그거 적어요?"라는 질문이고 다른 하나는 "그거 적으면 어디에 적어요?"라는 질문이다. 선생님 설명을 다 적으면 어떻고, 그것을 책에 적든 노트에 적든 아무렴 어떠랴. 자신이 수업에 참여하면서 필요하고 중요하다고 느끼면 적고 선생님의 강조점이 있으면 여백이든 노트든 다음에 다시 보기 편한 곳에 적으면 그만이다. 이것이 좋은 필기의 시작이다.

한번은 아래와 같은 기사를 나만의 바인더에 스크랩한 적이 있다. 손글씨에 관한 내용이었다.

「요즘은 컴퓨터와 키보드가 익숙한 아이들이 대부분이다. 글씨 안 쓰는 시대, 글씨 못 쓰는 세대가 살고 있다. 대한글씨검정교육회에서 20년 전후 초등학생, 중학생들 글씨를 평가했다. 알아볼 수 있는 원문과의 일치도에 따라 점수를 측정했다. 20년 전에는 86점이었지만 2011년에는 32점이 나왔다. 알아볼 수 없는 글씨체를 쓰는 아이들도 많았다. 글씨를

쓰는 것 자체를 힘겨워하는 아이들이 많다.」 (조선일보 2011.08.15)

글씨 모양이 예쁘냐가 중요한 것이 아니다. 알아볼 수 있고 일목요연하게 적혀있느냐를 말하는 것이다. 이제, 문제점을 알았고 필기법의 개선해야 할 점을 찾았다면 가장 검증되고 효과적인 노트 필기법을 알아보자. 그것을 자신에게 접목해보자.

1. 코넬 노트 필기법

코넬대학교 교육학 교수인 Walter Pauk가 고안한 노트 필기법으로 1950년대에 코넬대 학생들의 학습 능률을 높이기 위해 개발되어 전 세계적으로 널리 이용되고 있다. 먼저 노트를 다음과 같이 제목 영역, 노트 필기 영역, 핵심 영역, 요약 영역으로 나눈다.

제목 (수업 주제, 단원명, 날짜)	
핵심 영역 (핵심 키워드, 질문)	**노트 필기 영역** (수업 내용)
요약 영역 (전체 내용을 2~3줄로 요약)	

제목 영역에는 수업의 주제나 단원명, 날짜 등을 적는다. 노트 필기 영역에는 수업시간의 내용을 자신의 말로 적되 기억에 도움이 될 만한 선생님의 보충설명이나 예시도 적으면 좋다. 가능한 한 많이,

읽기 쉽게 적는다. 핵심 영역에는 수업이 끝난 후 복습을 하면서 왼쪽에 필기한 내용의 핵심 내용이나 핵심 단어, 질문 등을 적는다. 마지막으로 요약 영역에 필기한 내용을 2~3줄 정도로 요약해서 적는다. 이렇게 정리를 하면서 자연히 복습하게 되고 체계적으로 정리된 노트를 반복적으로 봄으로써 모르는 내용을 줄여갈 수 있다.

2. T노트 필기법

수학 과목의 경우에는 연습장도 밑줄이 있는 노트를 절반으로 나누어 쓰는 것이 좋다. 보통 아이들은 연습장이라고 해서 밑줄이 없는 노트를 쓰는 경우가 많은데 이럴 때 풀이 과정이 정리되지 못하고 자신의 풀이가 어디서 틀렸는지 찾기 어렵다. 문제를 풀 때 해설집을 만든다는 마음으로 노트 왼쪽에 그 풀이 과정을 쓴다. 그리고 오른쪽에는 정답 풀이 과정을 적어서 비교하고, 자신이 틀린 부분을 체크하며 적는다.

문 제	
자신만의 풀이 과정	실제 해답의 풀이 과정과 답
	자신이 틀린 부분과 이유

이제 기록의 중요성도 알았고, 필기법의 필요성도 알게 되었다. 학교에 가던지, 학원을 가던지, 어디서든 기록할 수 있는 도구를 가지고 다닌다. 스마트폰으로 찍어도 되고 입력을 해도 되지만 자신의 손으로 옮겨서 남기는 작업을 반드시 해보자. 자신의 손으로 쓰는 순간 머리에 새겨지며 또 자기 생각들을 정리해서 남길 수 있기 때문이다. 훗날 이렇게 적어서 지식이 축적된 노트는 시험 준비를 할 때도 큰 힘을 발휘할 것이다.

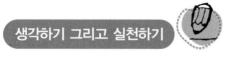

1 | 필기를 제대로 하지 못해 생긴 어려움과 곤란함을 겪은 적이 있다면 그것은 무엇인가요?

_____

_____

_____

2 | 스스로 생각하는 나쁜 필기, 바람직하지 않은 필기는 무엇인지 적어 봅시다.

_____

_____

_____

3 | 스스로 생각하는 좋은 필기, 우수한 필기는 무엇인지 적어봅시다.

_____

_____

_____

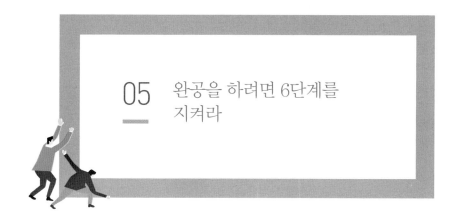

05 완공을 하려면 6단계를 지켜라

"들은 것은 잊어버리고, 본 것은 기억하고 직접 해본 것은 이해한다." ─공자─

　중학교 2학년인 ○○를 만났을 때다. 복습에 대해서도 예습에 대해서도 알려주고 실천해보도록 했지만 도통 효과가 나타나지 않았다. 스스로 공부할 수 있는 시간을 확보해 주었음에도 그 시간을 다 채우지 못하고 다른 활동으로 그 시간을 보내고 왔다. 책을 펴도 무엇이 문제인지 자꾸 다른 행동을 했다고 했다. 거실로 나와 TV를 켜거나 리모컨을 조작했다고 했다. 도통 무슨 공부를 어떻게 해야 할지 모르는 것 같았다. 그래서 필자는 사회 교과서 한 권을 가져오게 했다. 스스로 여기가 자기의 방이라는 가정을 하고 책을 펴서 어떻게 공부를 하는지 지켜보기로 했다. 살펴보니 이 아이는 무엇이 중요하고 덜 중요한지를 잘 구분하지 못했다. 이것이 가장 주목해야 할 문제점이었다. 어디서부터 읽기를 시작해야 하는지 잘 몰랐으며 교과서에 학습 목표는 당연히 보지 않았다. 이 아이가 다 보기에는 내용이 너무 많았고 너무 많은 내용 중 시험에 나올 만한 내용, 중요한 내용, 부연설명 등을 구분하는 노하우가 적었다. 그래서 공부시간이 확보되어도, 공부해야 할 마음과 의지가 있어도 그것이 실천되지 못하는 것이었다.

자! 스스로 공부를 하려고 책상에 앉았다. 그렇다면 먼저 두 가지를 결정해야 한다. 과목과 교재이다. 역사 공부를 한다고 가정해보자. 교과서가 우선 준비되어야 한다. 학교에서 배운 내용을 중심으로 찬찬히 읽어보아야 한다. 그래서 그 단원의 학습 목표를 보고 선생님이 중요하다고 강조하신 부분, 해당이 되는 부분을 표시하면서 추려낸다. 2번, 많으면 3번을 읽는다. 필자는 이 단계를 '개념 파악'의 단계라 하겠다.

중요한 부분에 밑줄을 하고 별표를 하고 선생님께서 강조하신 부분을 체크하며 읽어보았다. 그다음에 취해야 할 행동은 무엇일까? 놀랍게도 많은 학생이 이다음의 공부하는 단계를 물어보면 '문제 풀이'라고 말한다. 그런데 아니다. 아직 거쳐야 할 단계가 많이 남아있다. 두 번째는 '요약 및 요점정리'를 한다. 다른 노트에 옮겨서 요약 및 요점정리를 하는 것, 즉 중요한 내용을 걸러내는 작업을 해야한다. 보통 이 작업을 잘 안한다. 왜냐하면, 소위 공부를 잘하는 학생의 요점정리를 빌려서 베끼거나, 복사하든지 아니면 학원에서 나눠준 요점정리가 있기 때문이다. 하지만 이 방법은 옳지 않다. 자신이 요점을 정리하고 요약을 해야 자신이 놓치는 부분 없이 정리할 수 있고 이해가 다소 안 되는 부분, 설명이 더 필요한 부분을 구분할 수가 있다. 다른 아이의 것을 옮겨 적거나 학원에서 나눠 준 요점정리에 의존하게 되면 자신이 걸러내며 추려내는 작업을 하지 않았기 때문에 만약 그 부분에서 시험문제가 출제된다면 그 문제를 틀릴 확률은 당연히 높아진다.

요약과 요점정리를 했다면 다음에 취해야 할 단계는 '암기 및 축적'이다. 즉 머릿속에 집어넣는다는 것이다. 앞서 두 가지의 단계를 통해 머릿속에 약간 내용이 들어가지만, 아직 완벽한 상태는 아니다. 100% 머릿속에 집어넣어야 한다. 암기라고 하면 "암기과목에만 해당이 되는 내용이잖아요."라고 말하는 사람들이 있는데 필자가 강조하고자 하는 것은 내용을 머릿속에 저장한다는 것을 의미한다. 그리고 암기가 바탕이 되지 않고는 학습의 기초를 탄탄하게 할 수가 없다. 국어도 단어의 뜻을 알아야 하고 수학도 공식을 암기해야 한다. 영어는 물론이고 과학도 실험 절차와 원리를 통해 머릿속에 저장해야 한다. 축적해야 한다.

암기와 축적을 했다면 그다음 단계는 무엇일까? 학생들이 정말 많이 놓치는 부분이다. 필자의 가장 강조점은 이 부분이다. 즉 '설명

및 확인'의 단계이다. 다 아는 것 같아도 설명을 하다 보면 막히는 부분이 있을 수 있다. 그러면 다시 앞서 세 가지 단계 중 어디에서 빠뜨렸는지 살펴본 후 다시 선생님처럼 설명을 해보자. 이해했다면 설명할 수 있고 설명할 수 있다면 이해한 것이다. 이 부분은 중요하니 다음 장에서 좀 더 자세하게 다루겠다.

「신도고등학교 유호선 학생은 내신 1등급을 고1 때부터 유지하고 있다. 그는 아예 집에 화이트보드를 갖다 놓고 말하면서 설명하듯 공부를 한다. 결국, 선생님 같은 강의 실력을 갖추게 된 그는 가르치듯이 공부를 하다 보니 그 내용이 더욱 기억이 잘 남는다는 것을 알게 되었다.」(EBS 공부의 왕도, 유호선 학생 편)

필자는 중학교 3학년 때 동네 보습학원에 다녔다. 국어, 영어, 수학을 가르치고 또 매일 가는 학원이었다. 학원에서도 시험을 보곤 했는데 한번은 학원 영어시험을 스스로 준비했던 때가 있었다. 영어 수동태와 화법에 대한 문법이 학원 영어시험의 범위였는데 집에 있는 'man to man'이라는 교재를 학교에 가지고 가서 쉬는 시간마다 보았다. 집에 와서도 보고 학원에 가기 전에도 보았다. 중요한 건, 학원에 평소보다 일찍 도착해서 칠판에 오늘 하루 공부한 내용을 전부 써본 것이다. 선생님이라면 어떻게 설명할지를 떠올리면서 공부한 내용을 점검하면서 손으로 다 써보았는데, 중간에 교실에 들어온 영어 선생님께서 그것을 보곤 말씀하셨다. "이거 장욱이 네가 다 쓴 거니?", "네", "이대로 다 기억을 한다면 오늘 학원 시험은 잘 보겠네."라고 하셨다. 실제로 난 그날 학원 영어시험에서 100점을 받았다.

설명을 할 수 있게 된 다음이 '문제 풀이'이다. 문제집은 다양하게 여러 개를 풀기보다는 자신이 평소 다소 어렵다고 느끼는 문제집을 선정해서 푼다. 10개 중 7개는 맞추고 2~3개는 틀리는 문제집을 골라서 푼다. 함정이 있는 문제나, 난도가 높은 문제, 그리고 잘 헷갈리게 나오는 문제 등을 전부 마스터한다. 한 문제집을 여러 번 푸는 것이 좋고 그 문제집 안에서 어떤 문제가 나와도 다 풀 수 있을 정도가 되면 다른 문제집으로 넘어가도 좋다. 그런데 보통 설명할 수 있는 단계가 되면 문제는 많이 틀리지 않는다.

문제 풀이까지 되었다면 그다음은 '오답'을 확인하는 과정이다. 앞서 단계를 건너뛰고 확인을 하지 않고 문제를 풀면 틀린 문제가 많아진다. 너무 틀린 문제가 많다면 오답 노트를 만들다 시간을 다 보내게 되고 그 오답을 분석한다고 해도 학습효과는 높아지지 않는다. 정말 실수를 했거나, 함정에 빠지거나, 설명에서 빠뜨린 부분 등을 틀려서 확인할 때 알 수 있는 오답을 점검한다면 자신이 공부하는 부분을 100% 완료하게 된다.

　개념 파악–요약 및 요점–암기 및 축적–설명 및 확인–문제 풀이–오답 이 6단계를 기억하자. 평소에는 앞의 2단계 또는 2.5 단계까지 한다면 시험 전에는 2.5단계부터 시작해서 시간도 줄일 수가 있고 보다 효율적으로 효과적으로 공부를 할 수 있다. 그리고 과목별로 이 6단계를 전부 거쳤는지 점검을 하면 그 과목을 정말 준비를 잘했는지 알 수가 있다.

1 | 평소 자신이 빠트린 공부 단계는 무엇인가요?

_____

_____

_____

_____

2 | 과목 점검표 예)를 참고하여 시험 전 등에 점검하고 활용해 봅시다.

	국어	영어	수학	과학	사회	역사	한자
개념이해	○	○	○	○	○	○	○
요약, 요점	○	△	△	△	△	○	○
암기, 축적	○	○	○	○	○	△	○
설명, 확인	△	○	○	○	○	△	△
문제 풀이	○	△	○	○	×	○	○
오답	×	×	○	×	×	○	×

3 | 과목 점검표 예

	국어	영어	수학	과학	사회	역사	한자
개념이해							
요약, 요점							
암기, 축적							
설명, 확인							
문제 풀이							
오답							

"어떤 것을 완전히 알려거든 그것을 다른 이에게 가르쳐라."　　　-트라이언 에드워즈-

스스로 공부를 하기 위해 책을 폈다. 그렇다면 이 공부는 언제까지, 어디까지 해야 할까? 어느 정도까지 하면 공부를 말 그대로 '다 했다.'라고 할 수 있을까? 한 단원을 1시간 공부하면? 5번 읽었다면? 문제집까지 풀었다면? 과연, 공부를 다 한 경지(境地)는 어디까지일까? 많은 학생이 공부를 많이 하지만 제대로 관찰해보면 정말 무작정 열심히만 하는 것일 수 있다. 내가 잘하고 있는지, 효과적으로, 효율적으로 하고 있는지 잘 모른다. '열심히 하니까 좋은 결과가 있을 것이다.'라고 막연하게 기대하고 공부를 하고 경우도 많다. 모든 일이 그렇듯이 속도도 중요하나 목적지를 향한 방향이 정말 중요하다.

정답과 결론부터 말하자면, '(공부한 부분을) 선생님처럼 설명할 수 있을 때까지.' 해야 한다. 남들을 이해시킬 수 있을 만큼 설명할 수 있으면 그 부분은 공부를 다 했다고 볼 수 있다. 한 가지 더 조금 보태면 '선생님처럼 시험문제를 문항 수만큼 출제할 수 있을 때까지'이다. 오늘 이 부분을 공부하기로 결심했다면 이 부분만큼은 빠짐없이 자신만의 말로 설명할 수 있을 때까지 공부한다. 설명할 수 있다면 이해한 것이고 이해했다면 설명할 수 있다. 그래서 직접 설명을 해볼 것을 추천한다.

만약 지금 학생들에게 본인이 자신 있어 하는 주제인 (PC 게임, 선호하는 TV 프로그램, 연예인, 맛집 등)에 대해 설명을 하라고 하면 누구보다 잘할 것이다. 어투도 바뀌고, 상대방이 잘 이해를 못 한다면 상대방이 알아들을 수 있는 수준의 단어를 써가면서 열정적으로 잘 설명할 것이다. (실제 유치원이나 어린이집에 다니는 7세 정도의 아이들도 자신이 잘하는 놀이나 game, 만화, 동화 등에 대해 엄마나 아빠에게 설명하는 것을 보면 정말 잘한다.)

앞 장에서 밝힌 바와 같이 6단계 중 많은 학생이 안 하거나 간과(看過)하는 부분은 '설명하기', '확인하기'이다. 하지만 이 부분은 정말 중요하다. 내가 공부한 이 부분을 잘 알고 있는지, 다 이해했는지 확인하는 과정은 반드시 필요하다. 필수이다.

「미국 행동 과학 연구소에서 공부법에 따른 학습 효율성을 비교했다. 공부한 지 24시간이 지나 머릿속에 남은 공부 내용은 '강의 듣기' 가 5%, '읽기' 가 10%, '집단 토의' 가 50%, '서로 설명하기' 가 90%였다.」(좋은생

각 2019.10월 호 中)

내용을 본인이 잘 이해했는지 머릿속에 잘 축적되었는지 확인을 하려면 설명을 해보는 것이 가장 좋다. 설명할 수 없는 환경적 제약이 있다면 다양한 방법을 찾아보자.

(1) 설명을 하듯이 빈 종이에 써 보는 것도 괜찮다.

(2) 인형들을 앉혀 놓고 해 보라.(실제 강의, 강연하는 사람들은 이 방법도 많이 쓴다.)

(3) 가족들에게 설명해 보라. (나이 어린 동생을 앉혀놓고 설명을 하는 학생들도 있다.)

(4) 실제 화이트보드를 갖다 놓고 해 보라.

(5) 화이트보드 대신 베란다 유리창에라도 보드마카를 활용해 보라.

(6) 그 외 설명할 수 있는 본인이 생각한 방법 등

반드시 내용을 확인하는 단계를 거치라는 것이다. 설명을 하다가 막히면 다 이해하지 못한 것이다. 그러면 개념 파악, 요약, 암기인 그 앞 단계를 다시 살펴보자. 다 아는 것 같아도 빠뜨린 부분이 있을 수 있으므로 꼭 직접 설명을 해 봐야 한다.

공부할 때마다 계속해야 할 사항은 아니지만 어디서부터 어떻게 설명해야 할지 어려운 학생들은 무작정 설명을 시작하기보다는 학습지도안을 만들어서 해 볼 것을 추천한다. 학습지도안을 통해 설명할 수 있는 내용을 머릿속으로 정리하고 그것을 말과 손으로 풀어낸다. (학습지도안은 아래를 참고해보자)

학습지도안 만들기(예시)

과목명		단원명	
학습 목표 (반드시 알고 넘어가야 할 필수 내용은 무엇인가?) 1) 2) 3)			
서론 · 도입 (이번 수업 시 흥미를 끌거나 시작하기 좋은 내용은 무엇인가?) 1) 2) 3)			
본론 (수업 시 전달해야 할 핵심을 일목요연하게 주제와 내용으로 정리해 봅시다.) 1) 2) 3)			

결론 (마무리하면서 놓치지 말아야 할 내용, 다시 강조할 부분) 1) 2) 3)
과제 (보다 내용을 잘 기억하게 하고 도움이 될 수 있는 내용은 무엇인가?) 1) 2) 3)

학교 수업을 정말 빠짐없이 열심히 참여하는 것부터 시작해서 학교 선생님처럼 설명할 수 있고, 학교 선생님처럼 시험문제를 낼 수 있는 경지. 그것이 지금 하는 학과목 공부의 마침표이다. 학교 선생님이 설명을 잘할 수 있는 이유는 여러 가지가 있겠지만 가르쳐야 할 부분을 많은 학급을 다니면서 반복하면서 설명했기 때문이다. 어쩌면 이 책을 쓰는 가장 큰 이유가 이번 페이지에서 그 내용을 다뤘다고 해도 과언이 아니다. 학교 선생님처럼 설명할 수 있는 단계에 이르면 선생님처럼 설명할 수 있지만 선생님과 똑같이 설명하지는 않는다. 자신만의 설명하는 방법을 적용하게 되고 자신이 보다 상대방을 쉽게 이해시킬 수 있는 단어와 말을 사용하게 된다. 내용에 맞는 자신이 찾은 예를 덧붙일 수도 있고 쉽게 풀어서 설명할 수 있으

면 더욱 좋다. 그렇게 하면 자주 나오는 질문도 예측할 수 있고, 잘 기억될 수 있게 하는 부연설명 자료도 생각이 날 수도 있다. 본인 만의 쉬운 말로 바꿀 수도 있다. 그렇게 하면 정말 공부한 그 단원과 부분에 대해서는 누구보다 자신 있게 설명할 수 있게 된다. 그렇게 된다면 그 과목의 그 단원은 공부를 마칠 수 있는 경지에 이르게 되었다고 봐도 무방하다.

1 | 자신의 과거의 경력과 경험을 토대로 이력서를 적어보세요.

과목명		단원명	
학습 목표 1) 2) 3)			
서론 · 도입 1) 2) 3)			
본론 1) 2) 3)			
결론 1) 2) 3)			
과제 1) 2) 3)			

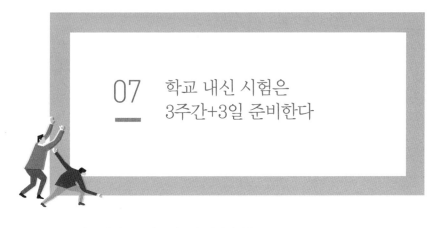

07 학교 내신 시험은
3주간+3일 준비한다

"모든 일은 어려운 고비를 넘겨야 쉬워진다."

－풀러－

시험이란 단어를 떠올리면 머릿속에 동시에 어떤 이미지가 떠오르는가? 아이들이 가급적 피하고 싶고 치르고 싶지 않은 과정이다. 그런데 시험 자체는 우리를 괴롭게 하지 않는다. 다만 내 시험 결과가 다른 아이들과 비교될 때 큰 스트레스로 다가오는 것이라는 말이 맞을 것이다. 시험지 번호 숫자에 빨간색 색연필로 동그라미를 치거나 사선으로 틀렸다고 그어진 종이, 숫자로 과목별 점수와 등수가 나와 있는 한 장짜리 종이가 주는 무게가 무겁게 느껴지는 건 모두의 공통된 느낌일 것이다.

공부하면서 시험이란 과정을 피할 수는 없다. 형태가 다를 뿐이다. 지필(紙筆) 시험, 수행평가, 실기, 면접 등 다양하다. 일정한 절차에 따라 검사하고 평가하는 이 시험이란 과정을 살면서 여러 차례 거치게 된다. 그렇다면 시험을 치는 가장 큰 이유와 목적은 무엇일까? 가장 큰 이유는 과거의 자신과 비교해서 자신이 얼마나 발전했는가를 알아보기 위해서다. 다른 사람이 나보다 잘 보았는지는 절대 중요하지 않다. 시험은 이전의 나와 비교해서 내가 일정 시간이 지난 후 얼마만큼 성장했는지를 측정하는 도구인 것이다.

시험을 치르기 전의 사람은 두 가지 유형이 있다. 하나는 '끝까지 분발해서 긴장을 늦추지 마라.' 라는 반응을 주위에서 해주면 잘하는 유형이 있고, 다른 하나는 '최대한 여유를 가지고 마음 편하게 먹고 해라. 결과가 어떻든 너는 잘해왔다.' 라는 반응을 얻으면 시험을 잘 보는 유형이다. 전자의 유형이 후자의 반응을 얻으면 나태해질 수 있고 후자의 유형이 전자의 반응을 얻으면 긴장으로 인해 제 실력을 발휘하기 어렵다.

필자는 1종 보통 운전면허증이 있는데, 대학교에 다니면서 3년에 걸쳐 땄다. 필기 시험을 합격한 다음 1년 후 기능 시험을 보았고 다음 1년 후 주행시험을 보았다. 그래서 면허증 따기까지 시간이 많이 소요되었다. 요즘은 보통 자동차 전문학원에서 2~3주 정도의 시간이면 딸 수 있는데 필자는 오래 걸렸다. 필기시험은 바로 통과를 했는데 문제는 두 번째 시험인 코스 시험이었다. 학원에서 모의시험을 할 때는 5번 중 80점 1번, 85점 2번, 90점 2번 등 통과하기 무난한 점수를 받았다. 그런데 막상 학원을 떠나 시험장에 갔을 때는 나도 모르게 다리를 떨었다. 심장이 엄청 빠르게 뛰었고 식은땀이 났다. 차는 출렁거렸고 1/3지점도 가지 못하고 탈락했다. 학원에서 배운 그대로 핸들을 돌렸지만 계속 바뀌는 코스를 이탈해 감점을 받았다. 그 후 한 주 동안 학원에서 연습하고 두 번째 시험을 보았다. 이때는 1/2지점에서 탈락했다. 분명 학원에서는 잘했는데 시험장에만 가면 실력이 나오지 않았다. 스스로 생각해보니까 지나치게 긴장하고 있었기 때문에 계속 제 실력을 발휘하지 못하는 것이었다. 세 번째 시험을 볼 때는 일부러 휘파람을 불었다. 그리고 '반드시 잘해야 한다.'라는 마음보다는 자신에게 '괜찮다. 차분하게 하자.'라는 마음으로 임했다. 결국, 시험을 통과했다. 지금도 나는 시험을 치르기 전에는 '정신을 바짝 차리자.'라는 마음보다는 '최대한 여유를 가지고 임하자.'라는 마음을 갖는다. 아이들도 스스로 어떤 심리와 감정으로 시험을 봐야 하는지 잘 한번 살펴보라. 부모님은 아이에게 최대한 아이가 시험에서 자신의 실력을 온전히 발휘할 수 있도록 그것에 맞는 반응을 해주는 것이 좋다.

학교에서 보는 내신 시험은 누가 출제할까? 당연히 학교 선생님이다. 결코, 학원의 선생님이나 과외 선생님이 출제하지 못한다. 할 수가 없다. 그런데 아이들은 학교 시험을 잘 보기 위해 준비를 어디서 하는가? 학원에서 한다. 뭔가 아이러니하지 않은가? 무슨 일이 있어도 학교 시험은 학교 선생님이 출제한다. 그렇다면 준비하는 학생들은 에너지를 어디에 집중해야 할까? 그렇다. 학교 수업에 집중해야 한다. 학원이 필요하다면 그것은 보조수단이어야 한다. 학교 수업을 보완하고 보충하는 역할이 되어야 한다. 학교 수업을 100% 소화하고 이해해야만 학교 시험을 잘 볼 수 있음을 다시금 깨달아야 한다.

「대암고등학교 김정주 선생님은 다음과 같이 말한다. "선생님들이 일단 가르칠 때 교과서를 가장 기본으로 하고 가르치게 되고 문제를 낼 때도 교과서를 제일 기본으로 해서 교과서 개념을 응용한 문제를 주로 내게 됩니다. 교과서를 중심으로 해서 수업 들은 내용만 충분히 열심히 공부한다면 내신은 얼마든지 1등급을 받을 수 있습니다." 내신 시험 출제에는 단계가 있다. 첫 번째는 교과서의 시험 범위를 확인·결정한다. 두 번째는 시험 범위 중 학습 목표와 핵심 개념 등, 중요 부분을 확인한다. 세 번째 단계는 강의록과 부교재에서 참고할 만한 내용을 고른다. 네 번째는 검토한 내용을 중심으로 시험문제를 내고 다섯 번째는 낸 문제가 교과 범위를 벗어났는지 교과서로 확인, 수정한다. 즉 학교 교과서로 시작해서 교과서로 끝이 난다.」 (EBS, 공부의 왕도 中)

그렇다면 시험을 어떻게 준비, 언제부터 대비하면 좋을까?

우선, 시간은 3주가 약간 넘게 남은 24일 전 정도부터 준비를 시작한다. 하루 이틀 동안은 시험계획을 수립하고 점검한다. 과목별로 교재, 부교재(학교 프린트 등), 노트 필기 등 빠진 것이 없는지 확인하고 계획표를 짠다. 기출문제를 구할 수 있으면 구한다. 요일별로 시험공부만 할 수 있는 시간을 확인해서 그 시간에 비례하게 과목을 정한다. 그리고 이전 성적표를 중심으로 과목별 목표 점수를 설정한다. 무조건 100점이 아니라 이전 시험에서 국어를 80점 맞았다면 이번 시험은 90점, 수학은 75점 받았다면 이번 시험은 85점을 목표로 삼는 등 달성 가능한 범위 내에서 목표를 설정한다. 그런 다음 앞서 설명한 6단계를 중심으로 3주 전에는 주요 과목부터 준비한다. 시험 범위는 단원명으로 적자. 페이지로 적으면 내가 어디를 공부하는지 가능하기 어려우므로 단원명으로 적는 것이 좋다. 또한, 선생님이 따로 시험 범위를 알려주기 전이라도 상관없다. 어차피 시험 범위는 이전 시험 다음부터 시작이니까 우선 거기부터 시작하자.

3주 전에는 국어 등 주요 과목의 평소 개념 파악 및 요점 정리한 것을 확실하게 보고 머릿속에 축적하기를 시작한다.

2주 전에는 그 주요 과목에 대한 암기 및 축적과 더불어 확인하는 과정을 거친다. 2주 차에는 주요 과목 외의 과목을 시작한다.

1주 차에는 주요 과목 문제 풀이 및 오답 확인을 한다. 주요 과목

외의 과목은 확인 및 문제 풀이 정도로 마무리를 한다. 각 주별로 주말에는 주중에 빠지거나 지키지 못한 것을 보완하고 스스로 공부할 수 있는 시간을 최대한 확보해서 그 주에 공부한 내용을 검토한다. 그리고 시험 직전 날에는 다음 날 볼 시험과목의 총정리를 한다.

시험이 끝나면 한 가지는 꼭 하고 자신을 격려하자. 바로 시험 본 결과를 점검하고 대안을 수립하는 것이다. 채점하고 점수를 아는 것으로 끝나는 것이 아니다. 과목별로 목표 점수를 달성했는지 확인하자. 만약에 달성을 했다면 무엇이, 어떤 전략이 잘 적용되었는지, 왜 좋은 성과를 내게 되었는지 기록으로 남기자. 목표에 도달하지 못한 과목이 있다면 그 이유에 대해 잘 살펴보자. 어떤 문제점이 있었는지 그리고 실수를 했다면 왜 실수를 했는지 등 점검을 하여 대책을 세워 다음 시험을 준비한다.

무엇보다 시험은 나를 괴롭히려고 스트레스를 주려고 존재하는 과정이 아님을 기억하자. 시험은 다른 아이들과 비교를 받기 위한 수단이 아니다. 부족한 점이 있다면 다음에는 그런 부분을 보완하라고 메시지를 주는 제도이다. 또, 시험은 이전의 나와 비교해서 발전했다면 잘했다고 격려해주기 위해서 존재하는 수단임을 잊지 말자.

생각하기 그리고 실천하기

1 | 주위 환경과 <u>스스로의 마음가짐</u>이 어떠할 때 시험을 잘 볼 수 있나요?

---

2 | 시험 전이라면 아래 내용을 참고하여 시험 계획을 수립해 보세요.

	일	월	화	수	목	금	토
3주+3일 전	시험 3일 전 준비할 사항 과목별 목표 점수 설정, 시험 계획 수립, 진도 및 시험 범위 확인 교재, 자료 체크						
3주 전	주요 과목 개념 이해, 요약 · 정리 100%, 암기 · 축적하기 스타트						
2주 전	주요 과목 확인 및 문제풀이 비주요 과목 개념 이해 및 요약 · 요점정리, 암기 · 축적하기 스타트						
1주 전	주요 과목 오답 및 예상문제 출제 비주요 과목 문제풀이 및 오답						
시험일	총정리 및 시험 후 분석, 대안 수립하기						

Part 04 _ 공부를 잘하는 줄기 뻗치기   195

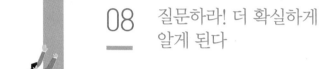

08 질문하라! 더 확실하게
알게 된다

"모르는 것을 묻지 않는 것은 쓸데없는 오만밖에 아무것도 아니다." —탈무드—

어린아이들은 궁금한 점이 너무 많아 엄마, 아빠에게 질문을 엄청 많이 한다. 아이의 질문은 아주 당연한 것도 있고 아주 심각하고 어려운 질문을 하기도 한다. "오늘은 무슨 요일이야?", "오늘 아빠는 왜 회사에 가?"라는 질문도 있고 "왜 지금은 수박이 마트에 없어?", "도대체 왜 유치원에 가서 선생님한테 배워야 하는 건데?" 등이다. 예전에 "아버지는 누구인가?"라는 글을 본 적이 있다. 아버지에 대한 인상은 나이에 따라 달라진다. "4살 때 아빠는 무엇이든 할 수 있다. 7살 때 아빠는 아는 것이 정말 많다. 8살 때 아빠와 선생님 중 누가 더 높을까? 12살 때 아빠는 모르는 것이 많아."라는 글이었다. 이 글의 초점은 아버지이지만 12살 되기 전까지는 질문이 엄청 많다는 점에 주목해보자.

2010년 11월 11일부터 12일까지 아시아 최초로 G20 정상회의가

서울에서 열렸다. 세계에서 가장 영향력 있는 이 회의를 개최하고 의장국을 겸하면서 대한민국은 한 발 더 도약하게 된 아주 규모가 큰 회의였다. 각국의 대통령과 총리, 주석, 수상 등 대표들이 참석한 이 회의에서 당시 미국 대통령이었던 오바마 대통령이 폐막 기자회견을 했다. 그런데 아쉬운 장면이 연출되었다.

버락 오바마 : "한국 기자들에게 질문권을 하나 드리고 싶군요. 정말 훌륭한 개최국 역할을 해주셨으니까요. 누구 없나요?"

−조　용−

버락 오바마 : "한국어로 질문하면 아마도 통역이 필요할 겁니다. 사실 통역이 꼭 필요할겁니다."

중 국 기 자 : "실망하게 해서 죄송하지만 저는 중국 기자입니다. 제가 아시아를 대표해서 질문해도 될까요?"

버락 오바마 : "하지만 공정하게 말해서 저는 한국 기자에게 질문을 요청했어요. 그래서 제생각에는……."

중 국 기 자 : "한국 기자들에게 제가 대신 질문해도 되는지 물어보면 어떨까요?"

버락 오바마 : "그것은 한국 기자가 질문하고 싶은지에 따라서 결정되겠네요. 없나요? 아무도 없나요?"

−아무도 없음−

(EBS "우리는 대학에 왜 가는가? 5부 말문을 터라" 中)

대한민국은 질문 없는 수업과 교육을 한다. 한국의 많은 대학교도 마찬가지이다.

하버드대학교에서 가장 유명한 강의 중 하나이며 책으로도 출판되어 베스트셀러가 된 마이클 샌델 교수의 '정의란 무엇인가' 라는 책이 있다. 이 교수는 이 주제로 수업을 진행하는데 실제로 이 수업의 영상을 보면 마이클 교수는 말을 많이 하지 않는다. 질문을 던지고 그것을 받아 학생이 답을 하고 그 답에 대해 다른 학생이 질문을 던진다. 강의실에 학생들은 엄청 많다. 그런데 한 명 한 명 자기 생각과 질문을 하는데 거침이 없다. 답변과 질문 등이 강의 내용에서 벗어나려고 하면 교수는 그때 몇 가지 정리만 한다. 무조건 필기만 하는 학생들은 거의 없다. 교수가 질문을 던지면 발표를 하고자 손을 드는 학생들이 많다. 자신의 생각과 의견을 말하기 위해서이다. 미국의 다른 대학의 장면을 유튜브 등을 통해서 봐도 마찬가지다. 조지워싱턴대학교 로스쿨에 재학 중인 맥스는 "난 배우기 위해 이 대학에 왔다. 내가 이해가 될 때까지 정확하게 알 때까지 질문할 것이다." 라고 말했다.

이스라엘 도서관은 우리나라와 달리 매우 시끄럽다. 두 명이 또는 그 이상의 사람이 모여서 질문을 하고 답을 하고 다시 그 답에 대한 질문을 하고 또 답을 찾으면서 대화를 한다. 그러면서 서로의 의견과 생각을 알아가고 새로운 사실을 찾아내기도 한다.

질문을 안 하거나 못 하는 이유는 필자의 생각으론 세 가지이다.

첫째, '질문하면(다른 사람은 다 아는데) 나만 이해 못 하고 모르는 것 같아서' 이다. 즉, 자신의 질문의 수준을 다른 사람들이 판단한다고 생각한다. '뭐 저런 질문을 하느냐' 라는 식의 반응으로 눈치를 주고 또 받는다고 생각하기 때문이다.

둘째, 질문하면 시선이 선생님이나 강사에게서 일제히 질문자에게 쏠리기 때문에 그 시선이 너무 부담스러워서 질문을 안 하고 못 한다.

셋째, 또 질문하면 그만큼 끝나는 시간이 늦어진다. 수업이나 강의가 더 길어지는 것을 대부분 싫어하기 때문에 그것이 부담스러워서 질문하기 어려워한다.

하지만 반대로 생각해보자. 질문하는 이유는,

첫째, 나만 더 남보다 앞선 생각을 하기 때문이다.

둘째, 질문하면 그 내용은 더욱더 자세히 알게 된다.

셋째, 선생님이나 강사가 질문자에게 집중적으로 설명하게 되므로 확실하게 알 수 있게 된다.

혹시 누군가 질문을 하는 것을 목격했는데 '어? 저거 나도 몰랐는데, 쟤가 질문해줘서 다행이다.' 라는 생각을 가져본 경험이 있을 것이다. 모르는 것을 알게 된다. 따라서 질문은 해야 하고 질문은 필요하다.

보통 우리는 수업을 '듣는다' 라는 말을 한다. 또 학교에서는 '선생님 말씀을 잘 들어라' 라는 말도 많이 들었다. 필자는 이 '듣는다' 라는 말에 우리에게 수동적인 태도를 보이게 한다고 생각한다. 선생님이나 강사는 계속 말을 하고 우리는 '듣는다' 라는 것에 우리는 무척이나 익숙하다. 하지만, 수업을 '듣는다' 라는 말이 아닌 수업을 '한다' 라고 말하는 것이 더 맞다. 수업이나 강의는 결코 듣는 것으로 끝나는 게 아니라 들었다면 반응이 있어야 하고 나아가 질문을 해야 한다.

학교에 다녀온 아이에게 "오늘 학교 재밌었어?", "응, 재밌었어."라는 대화보다는, "오늘 학교에서 네가 한 질문은 뭐였어?", "뭐가 제일 궁금했어?"라고 묻는 것이 더 낫다. 이제부터라도 질문할 거리를 생각하며 수업과 강의에 참여하라. 궁금한 점이 생기면 손을 들고 질문하라. 결코, 몰라서 질문하는 것이 아니다. 그보다는 내가 앞선 생각을 하므로 질문을 하는 것으로 생각하라. 다른 아이들도 궁금하지만 용기가 없는 것이다. 질문할 수 있는 용기를 가진 나 자신을 칭찬해라. 그러니까 질문을 하라.

1 | 가장 최근에 본인이 한 질문은 무엇이었나요?

_____

_____

_____

_____

2 | 궁금했지만 질문하지 못한 적이 있다면 그 이유는 무엇인가요?

_____

_____

_____

_____

3 | 질문할 거리가 생겼다면 질문을 해야 합니다. 질문하기 전 가장 필요
한 것은 무엇일까요?

_____

_____

_____

_____

PART

05

—

공부를 잘해서
열매 맺기

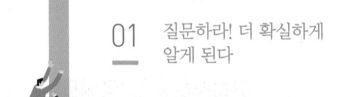

01 질문하라! 더 확실하게 알게 된다

"우리 자신이 되는 것, 우리가 할 수 있는 일을 하는 것, 이것이 삶의 유일한 목표다."

−스피노자−

영화감독이 되고 싶으면 촬영 현장을 직접 가보고, 펀드매니저가 꿈이라면 증권사로 직접 가보라. 가서 부딪치다 보면 답이 나온다. 국제 비영리 단체에서 일하고 싶다면 채용 공고를 기다리지 말고 직접 구호 현장에 가보라. (최고가 되려면 최고를 만나라 (2013, 쌤앤파커스) 中)

나는 은행 관련 일을 잘 못한다. 금리 계산이나 예·적금, 보험상품 이런 내용과는 거리가 아주 멀다. 반면 내 아내는 길을 잘 모르고 못 찾는다. 몇 번 왔던 장소도 길을 헤매고 목적지를 찾아갈 때도 자신이 아는 방법이 돌아가는 길이고 시간도 오래 걸려도 그 방법을 고수한다. 지도가 있어도 거의 무용지물이다. 이렇듯 사람마다 취약

한 부분이 있다. 아무리 연봉이 높고 남들이 들어가고자 하는 대기업, 금융업이라 할지라도 나에게는 하루하루가 스트레스일 것이다. 다양한 경험을 하고 여행지를 다니며 비행기를 많이 탄다고 하더라도 우리 아내는 관광가이드나 여행사 같은 직업을 가질 순 없다. 삶의 목표는 다른 사람들이 정한 기준이나 그럴듯해 보이는 것으로 정하는 것이 아니라 내가 원하는 분야, 좋아하는 주제, 잘하는 일로 정해야 한다. 그리고 반드시 그 정한 것에 관련 있는 현장을 가야 한다. 막상 가면 정말 좋을 수도 있지만 반면에 생각이나 바람과 전혀 연관성이 없을 수도 있기 때문이다.

예전 SBS에서 방영했던 TV 다큐멘터리에 Google이라는 회사와 그 회사에서 일하는 사람들을 소개했는데 회사의 출퇴근 시간이 자유롭고, 층마다 샐러드바가 있으며, 영화관과 게임장, 포켓볼 시설, 그리고 자신이 키우는 반려동물이나 어린아이들을 데리고 올 수도 있는 곳이었다. 이렇게 설명을 하면 아이들은 그 회사를 가고 싶다고 한다. 회사는 직원들에게 출근하고 싶고, 일하러 오고 싶은 회사일 것이다. 하지만 아이들이 간과한 사실이 있는데 이 회사에 다니면서 신박한 아이디어를 내고 매출이 증대되는 사업의 성과는 내야 한다는 것이다. 잘 쉬고, 잘 놀고, 잘 먹는 시설이 갖추어져 있는 이유는 Google이라는 회사가 더 성과를 잘 내도록 하려고 구축한 시스템이라는 것을 기억해야 한다. 만약 그곳에 가보았다면 잘 갖추어진 시설과 복지혜택만 보는 것이 아니라 해야 할 일과 과업들이 무엇인지도 반드시 경험해 보아야 할 것이다.

대한민국 군대에서 간부가 되는 방법은 여러 가지가 있다. 간부는 장교와 부사관으로 나뉘고 각각 장기복무와 단기복무를 하는 방법이 있는데 일반병사로 왔다가 장교나 부사관으로 전향하여 간부가 되는 사람들이 있다. 일반병사로 복무를 하다가 훈련을 받고 나라를 위해 충성을 하며 전술과 전략을 짜거나 체력적으로 강인하고 싸워서 이길 능력을 키우는데 재능을 발견하고 가치를 갖게 된 사람들이 간부로 지원을 하고 진로를 정한다. 내가 군에 복무할 때도 단기 장교 복무로 입대했지만, 장기로 시험을 보고 영관급 장교가 된 사람도 있고 일반병사로 함께 복무하던 중대원 중 부사관으로 지원을 해서 지금은 중사, 상사가 된 사람들도 있다. 야전의 현장에서 겪어 보니 그만큼 가치가 있고 의미가 있다고 판단된 것이다. 그 사람들은 야전에서 훈련과 군 생활을 직접 겪어 보지 않았다면 장기로 지원하지 않았을 것이다. 반면에 장기복무를 하려고 장교가 되었다가 장기 지원을 하지 않고 장교 의무 복무만 하고 전역을 신청하여 사회로 나오는 사람들도 있다. 이유는 현장에서 겪어 보니 자신과 맞지 않는다고 느낀 것이다. (물론 나는 장교로 복무했지만, 장기로 복무할 마음은 전혀 없었다) 필자는 예상했던 생활과 실제로 경험해 본 현실이 다를 수 있다는 것을 이 장에서 말하고자 한다.

　예전에 S-oil 광고에 박미선과 박미선 아들이 나오는 광고가 있었다. 엄마인 박미선은 아들에게 공부하라고 하는데 아들은 자동차 조수석에 앉아 게임만 하고 있다. 이러면 안 되겠다고 느낀 엄마는 차를 대학교로 돌렸다. 마침 대학교에 화사하고 예쁘게 생긴 여대생 다섯 명이 캠퍼스를 돌아다니고 있는 것을 보여주었다. 그러자 아들의 눈빛이 바뀌고 "엄마, 나 공부해서 대학 갈래."라고 말하는 광고가 있었다. 웃긴 소재와 의지를 고취한다는 내용을 담은 이 광고를 보면서 이러한 의미로 대학교 캠퍼스를 가보는 것은 아니지만 실제로 내가 가길 바라고 원하는 대학교를 탐방하고 또 원하는 과를 다니는 선배 대학생들을 만나는 것도 좋은 동기부여가 될 것이다. 무작정 간다기보다는 만나게 되면 물어볼 질문들도 정리해보고, 반드시 가보고 싶은 건물이나 만나고 싶은 교수님, 듣고 싶은 수업 등을 정해서 가보는 것도 괜찮을 것이다.

　프랑스 소설가 앙드레 말로는 "오랫동안 꿈을 그리는 사람은 마침내 그 꿈을 닮아간다."라고 했다. 또 마이크로소프트사의 빌 게이츠는 "다른 사람의 좋은 습관을 내 습관으로 만든다."라는 말을 했다. 삶의 목표를 정했다면 그 목표를 이루기 위해 그 목표가 이루어진 장소를 가보라. 이미 성취한 사람들을 만나보라. 그 길을 가고 있는 사람들을 만나고 직접 가서 오감으로 체험해보자. 만약 새로운 길을 개척하고 계획하고 있다면 그와 비슷한 경험을 한 사람이나 유사한 장소를 가보자.

이렇게 하면 좋은 이유가 있다.

첫째, 보다 훗날 그 위치에 오른 자신의 모습을 생생하게 그릴 수 있다.

둘째, 실제 해야 할 경험을 위해 지금 자신의 위치에서 할 수 있는 경험들을 쌓으며 준비할 수 있다.

셋째, 진정 자신이 원하는 목표인지, 가고자 하는 길인지를 보다 확실하게 알 수 있다.

넷째, 현장의 사람들을 통해 일명 꿀팁(!)의 정보를 얻을 수가 있다.

다섯째, 성취하는 과정 중에 그에 따른 시행착오를 줄일 수 있다.

단순히 겉으로만 보면 양지(陽地)만 볼 수 있다. 그늘이나 음지(陰地)는 보지 못할 수 있다. 연예인을 보면 화려하고 멋진 모습을 미디어를 통해서 볼 수 있지만, 그 나오는 한순간을 위해서 몇 시간을 아니 몇 년을 준비하고 연습했다는 사실을 잊어서는 안 된다. 그 그늘과 음지 또한 직접 보면서 그것을 감당할 수 있는 의지와 용기가 있는지, 자신의 자신감으로 그것들을 극복해 낼 수 있는지 자신에게 물어보라.

많이 들은 이야기지만 에디슨은 전구를 만들어 빛을 내기 위해 7000번을 실험하고 또 실패했다. 그러나 그는 다시 실험했다. 중요한 사실은 실험으로 또 시도했다는 것이다. 네 자신도 그만 각오를 하고 현장에서 경험을 쌓아라. 지금부터 조금씩 몇 번이고 스스로 이리저리 만들어보고 시도해보아라. 어느새 자신도 모르는 순간에 자신이 원하는 삶의 목표에 도달해 있을 것이다.

1 ||| 자신이 이루고 싶은 꿈은 무엇이며 그것을 이루는 현장은 어디인가요?

_____

_____

_____

_____

2 || 1번의 그 현장을 갈 수 있는 계획을 수립해 보세요.

_____

_____

_____

_____

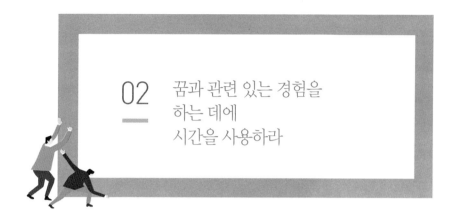

02 꿈과 관련 있는 경험을
하는 데에
시간을 사용하라

"배우나 생각하지 않으면 공허하고, 생각하나 배우지 않으면 위험하다." -공자-

　2012년 한 온라인 커뮤니티 게시판에는 '가장 많이 하는 후회' 란 제목으로 남자와 여자 10대부터 70대까지의 '내 인생에서 후회되는 일' 을 조사한 결과를 공개했다. 공개된 게시물에는 남자와 여자 모두 10대부터 40대까지 '공부 좀 할걸' 이 1위를 차지했다. (뉴스웨이브 2012.07.21)

　학생들은 학교에서 배우는 과목에 관한 공부를 하지만 그 외에도 해야 할 공부가 있다. 자신이 원하고 바라는 인생의 목표에 관한 공부를 하는 것인데 그것이 노래면 노래에 관한 공부, 춤이면 춤에 관한 공부, 경제이면 경제에 관한 공부, 국방이면 국방에 관한 공부, 어느 특정한 나라라면 그 나라에 관한 공부, 되고자 하는 직업군이 있다면 그 직업에 관한 공부를 하는 것이다.

많은 아이가 자신이 원하는 것과 바라는 것을 솔직하고 하게 말하지 못하고 나타내지 못하는 이유는 나에 대해 진지하게 고민하고 나에 대해 깊이 있게 사고한 경험이 적기 때문이다. 매년 입시 기간이 되면 빠지지 않는 뉴스가 있는데 그것은 일명 '눈치작전'이라는 헤드라인을 가진 뉴스이다. 경쟁률이 높거나 합격할 확률이 적은 학과나 대학은 지원을 보류하고 최종 입시 마감 시한까지 눈치를 보며 기다렸다가 경쟁률이 낮고 합격할 확률이 높은 학과나 대학교에 원서를 넣는 현상을 말한다. 이 이야기는 학생들이 자신의 흥미나 하고 싶은 공부와는 상관없이 원서를 넣고 지원을 한다는 것을 의미한다. 그렇게 합격을 하고 나면 내가 원하지도 않은 공부를 4년 동안이나 해야 하는 경우도 많다. 이러한 잘못된 선택과 시간을 허비하는 것을 막기 위해서라도 자신이 원하는 분야, 주제, 직업군에 관한 공부와 경험은 필요하다. 이것을 해야만 생각만 하던 분야에 대해서 새롭게 알 수도 있고 자신이 바라고 원하는 것과 다름을 깨달을 수도 있다. 이런 과정이 있어야만 자신의 인생 목표를 보다 바르게 설정할 수 있고 그것을 향해 자신이 가지고 있는 에너지를 집중할 수 있다.

취업난이 심각하다고 한다. 직장에 들어가기 어렵다는 이야기이다.

'낙타 바늘구멍' 취업난…. 상반기 취준생 10명 9명이 '실패'

'사람인'이 구직자 1544명을 대상으로 상반기 취업 실태를 조사한 결과에 따르면 89.2%가 '취업에 실패했다'라고 답했다. 구직자들이 생각하는 취업 실패 원인 중 첫 번째로 꼽은 것은 '직무 관련 경험이 적어서' (39.3%, 복수 응답)였다. 기업들이 입사와 함께 업무에 투입할 수 있는 직무 능력을 최우선으로 평가하는 경향이 강해지면서 구직자들도 이에 대한 압박을 강하게 느끼는 것으로 풀이된다.

구직자들은 평소 본인이 가장 부족하다고 느끼는 점으로 '외국어 실력'(38.5%, 복수 응답)이 가장 큰 것으로 생각하고 있었다. 이어서 '관련 분야 자격증'(34.5%), '인턴/아르바이트 등 직무 경험'(27.2%), '학벌'(24%), '학과/전공 및 관련 지식'(21.3%), '공모전 수상경력'(10.9%) 등도 구직 과정에서 미흡했던 것으로 여겼다. (매일경제 2019.08.03)

반면에 '직장인 5명 중 1명, 1년 못 버티고 퇴사⋯. 취업대란 무색 퇴사율이 가장 높은 연차는 1년 차 이하가 48.6%로 가장 많았다. 이어 2년 차(21/7%), 3년 차(14.6%) 등 연차가 낮을수록 퇴사율이 높았다. (아시아투데이 2019.07.30)

취업을 준비하는 사람도 자신이 원하는 바에 원하는 경험을 해서 준비한 후 지원하는 것이 아니고 또 취업을 어렵게 한 사람들도 그 직장에서 적응하지 못하고 퇴사를 하는 아이러니한 일이 대한민국에서 일어난다.

왜 취업은 어렵고, 그 어렵다는 취업을 한 사람들은 그만둘까?

필자가 내린 결론은 '내가 원하는 분야에 관한 공부와 경험이 없거나 적어서'라고 생각한다. 내가 어릴 때부터 준비하고 공부하며 경험을 쌓아 온 분야나 주제, 직업군이라면 그것을 통한 인생의 비전이 있고 청사진이 있다면, 취업을 준비하는 과정이 지루하고 힘들기만 하지 않을 것이고 또 입사 후에 쉽게 그만두지도 않을 것이다.

"열심히 하겠습니다.", "잘할 수 있습니다."라는 열정과 포부를 입사 면접에서 엄청나게 어필하며 보여줬지만, 막상 현실에서는 그것이 오래가지 않는다. 하지만 정말 자신이 원하는 것이고 바라는 분야이고 이루고자 하는 목표가 있다면 그것을 달성하고 성취하기 전까지는 그것을 그만둘 수가 없을 것이다. 그리고 누구보다 그에 관련된 경험과 공부를 한 사람을 지원한 회사에서 뽑지 않기도 어려울 것이다.

유병재라는 블랙코미디를 위주로 하는 개그맨이 있다. 가상으로 취업을 하려는 취업준비생으로 면접을 보는 장면이 TV에서 나왔다. 면접관이 "죄송합니다. 우리는 경력직을 뽑는 중입니다."라고 하니 유병재가 속으로 '회사마다 경력직을 뽑는다면, 그럼 나는 어디 가서 경력을 쌓으라는 말이야.' 라고 한다. 현 시대상을 풍자한 코미디이다. 하지만 내가 관련 분야에서 공헌하고, 이바지하며 큰 역할을 하기 위한 준비를 학창시절부터 해왔다면 그 사람은 그 어떤 사람보다 경력이 있고 경험이 있는 사람으로 면접관이 평가할 것이다.

인터넷에서 어느 학교의 여름방학 숙제 20가지라는 것을 본 적이 있다. 그중 몇 가지만 소개를 해보겠다.

1. 맨땅의 흙을 맨발로 밟아보기–논, 밭, 산길 등
2. 해지는 것을 물끄러미 바라보기–서쪽 하늘이 가장 잘 보이는 곳에서
3. 숲에서 나무를 껴안아 보고 나무와 이야기하기
4. 나의 장래 희망을 랩으로 표현하고 노래로 녹음하기
5. 부모님의 직장(일터) 견학하기
6. 내가 가고 싶은 곳 인터넷으로 찾아가기
7. 방학 동안 책 5권 이상 읽기 도전하기
8. 나만의 주제 자유롭게 정하고 탐구보고서 제출하기

이 경험을 하고 소감문을 써서 제출하는 것이 방학 숙제인데 정말 재밌고 아이들에게 큰 도움이 될 것이라고 느꼈다. 다양하게 경험하게 하고 스스로 느껴보게 하여 그 폭을 넓혀주는 기회가 될 것이라

여겼다. 이런 숙제가 없다면 아이들은 어영부영 공부 아닌 공부를 하다가 놀기 아닌 놀기를 하다가 방학이란 시간을 다 보낼 것이기 때문이다.

국어, 영어, 수학 등 과목 공부를 하는 것도 중요하지만 자신이 모르다가 알게 되는 다른 어떤 주제보다 희열을 느끼는 분야를 찾고 거기에 관한 공부와 경험을 하는 것이 정말 중요하다. 바다에 관심이 있을 수도 있고, 자동차에 관한 연구를 하고 싶을 수도 있다. 그리고 자신이 살면서 해온 경험 외에 세상의 어떤 분야에 자신의 흥미와 연관이 있을지 모른다.

이번 장의 결론을 정리해본다.

1. 자신의 흥미를 알기 위해 세상의 여러 가지의 것들을 공부하고 경험해 보자.
2. 관심 있고 흥미 있는 분야를 알고 찾게 되었다면 그것을 주제로 공부하고 경험을 하자.
3. 사회에 진출할 때 자신이 공부하고 경험해 본 바를 바탕으로 인생의 꿈과 목표를 정하고 그것을 성취하기 위해 매진하자.

이렇게 된다면 자신의 인생도 흥미와 가치로 가득할 것이고 사회와 나라에도 이바지할 수 있는 길이 열릴 것이다.

1 | 그동안 해보고 싶었는데 못한 경험이 있다면 무엇인지 적어봅시다.

_____

_____

_____

_____

2 | 자신의 꿈을 성취하기 위해 앞으로 1년, 2년 안에 해야 할 과업과 경험은 무엇인가요?

_____

_____

_____

_____

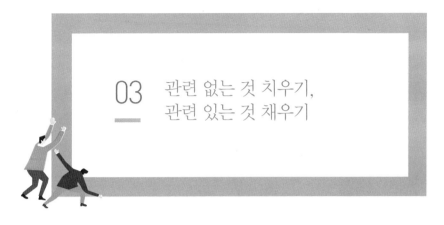

03 관련 없는 것 치우기, 관련 있는 것 채우기

"환경은 약한 자를 지배하지만 현명한 자의 목적을 달성하는 수단도 된다."

-베이컨-

앞서 이야기를 했지만, 공부는 평생 하는 것이기 때문에 이왕에 하는 공부, 잘하면 더욱 좋다. 인생을 길게 보면 지금 코앞의 중간고사 시험이나 심지어 대학수학능력시험조차도 큰 영향을 주지 않을 수도 있다. 인생에 있어서 그것보다 더 크고 무게감 있는 과정은 훨씬 더 많으니까 말이다. 하지만 내 그것이 자존감을 흐리게 한다면, 나 자신을 스스로 낮게 평가하는 마음을 먹게 한다면 공부는 잘할 필요가 있다. 학습 효과를 향상할 필요가 있는 것이다. 난 꿈이 있고 비전이 있고 나의 가치는 어마어마한데 성적 때문에 내 마음에 불편함이 있고, 내 의지가 꺾이고, 내 열정을 식게 한다면 그것조차 용납할 수 없다. 공부가 내 발목을 잡는 느낌이 들게 하지 않는 것이 내 자존감을 세우는 데 도움이 된다면 공부는 이왕 하는 거 잘해보자.

필자는 여러 가지를 많이 해보고 자신의 관심 분야와 흥미, 재능의 분야가 있다면 거기에 집중하라고 강조했다. 맞다. 공부하고 그 외의 시간에 자신이 좋아하는 것을 하며 시간을 보내라. 오늘 해야 할 공부의 분량을 다 달성했다고 느껴진다면 보통 아이들은 무엇을 할까? 보통 아이들은 세 가지 정도로 정리된다. 1. 휴대전화 2. PC 게임 3. TV 시청이다.

「지난해 우리나라 아동·청소년들의 게임 이용시간이 10분가량 더 늘었다. 이들은 하루 평균 44분 동안 게임에 빠져 있었다. 한국청소년정책연구원의 '부모와 자녀의 미디어 이용, 그리고 미디어 이용제한' 보고서 분석이다.

보고서에 따르면 아동·청소년의 하루 평균 게임 이용시간을 보면 2014년 35분에서 이듬해 38분으로 늘어난 후 2016년 35분, 2017년 33분으로 줄었다. 하지만 지난해에는 무려 33.3% 늘어나며 40분을 웃돌았다. 지난해 기준 부모는 하루 평균 140여 분을 스마트폰에 집중했는데 어머니가 147분, 아버지는 144분이었다. 아동·청소년은 106분, 2시간 가까이 스마트폰을 사용하는 데 시간을 소요한 셈이다. 더군다나 TV 이용시간을 보면 어머니가 하루 평균 232분, 아버지 158분, 아동·청소년

119분 등 2시간가량을 TV 시청에 소요했다.」 (메디컬투데이 2019.04.02)

결론적으로 말하면 어떠한 제한이 없거나 해야 할 공부, 일이 없다면 휴대전화를 한다는 것이다. 게임을 하기도 하고 SNS나 웹 서핑 등을 무의미하게 하는 것으로 시간을 보낸다는 것이다. 보지도 않는 TV는 켜놓고 한 손에는 리모컨을 들고 한 손으로는 스마트폰을 하는 사람도 있다.

한번은 가족이 모두 어린이 대공원에 간 적이 있다. 4월 말경으로 기억을 하는데 날씨는 굉장히 화창하고 미세먼지 없이 상쾌했다. 봄기운이 완연한 공원에 유치원에서 온 꼬마들, 학교 소풍을 온 초등학생, 중학생들도 있었다. 그런데 동물을 구경하거나 잔디에서 뛰어놀거나 놀이터에서 놀이기구는 타지 않고 벤치에 앉아서 고개를 숙이고 열심히 휴대전화만을 들여다보고 있는 아이들을 보았다. '아니, 무슨 여기까지 와서 이 화창한 봄날에 휴대전화만 보고 있지?' 하는 생각이 들었다.

필자는 책을 보는 것보다는 책에서 내가 활용할 내용을 옮겨 적는 것을 좋아한다. 전에는 신문을 보면서 직접 오려서 공책에 붙이는 것을 선호했는데 요즘에는 직접 휴대전화로 찍고 그것을 인쇄하거나 요약하고 스크랩을 한다. 내 생각을 옮겨 적기도 하고 명언이 있다면 그것을 모방해서 나만의 명언을 만들기도 한다. 틈나면 그것을 살펴보는데 강의할 때 필요한 콘텐츠가 많이 나온다. 예를 들면 못된 자녀 만들기 10가지 방법을 보았을 때는 좋은 자녀 만들기 10가지 방법으로 바꾸어 본다. 키에르 케고르의 말 "기도는 하나님을 변화시키는 것이 아니다. 그것은 기도하는 사람을 변화시키는 것이다." 라는 "기도는 하늘의 보물창고를 여는 열쇠이며 그것은 기도하는 사람이 열쇠를 어디 두었는지 기억나게 한다." 등의 말로 만든다. 이런 작업 등은 재미있다.

많은 학부모님은 자녀들이 휴대전화를 보거나, PC 게임하는 것을 선호하지 않는다. 이것 때문에 상담을 오는 학부모님도 많다. 아무리 제한해도 통제되지 않는다고 하소연한다. 하지만 너무 제한하기 이전에 정말 그 분야에 재능이 있는지 살펴보자. 무의미하게 게임을 하고 있다면 약속을 정하고 통제해야 한다. 하지만 그전에 아이에게 게임에 관해 물어보기도 해보자. 우리는 게임으로 억대 연봉을 받는 사람이 있고 TV에서 중계도 해주는 시대에 살고 있다. 만약 게임에 대해 전문가적 포스를 풍기며 해설까지 할 수준이라면 구체적으로 설정해 주자. 게임 분야로 나가고자 한다면 어느 분야로 기획하고 연구하는지, 그저 TV에 나오는 잘나가는 프로게이머만 바라보고 그 연봉에만 신경 쓰고 있는 마음인지 살펴보자. 실컷 게임만 하고 돈을 버는 직업으로만 생각한다면 큰 오산이다. 실제 요리사는 결코 요리만 하는 직업은 아니다. 요리사는 재료를 준비하고 식료품 상태를 검사하고 관리한다. 조리하고 영양 상태 등도 점검한다. 요리기구, 조리실 정리도 한다. 마찬가지로 게임의 분야로 진출하고자 할 때 그만큼 정보를 알고 있는지 스스로 자신에게 물어보길 바란다. 그것이 결정되었다면 구체적으로 자신의 경력을 쌓고 자신만의 기획을 하고 게임 개발할 내용을 기록하라. 무조건 게임만 하는 시간으로 보내는 것이 아니라 게임을 더욱 재미나게 하고 심지어 유익하게 할 방법도 그 아이에게서 나올지도 모른다.

오늘 하루 자신의 공부 분량을 달성했다면 자신의 관심 분야에 에너지를 쏟아라. 다양한 경험을 쌓는 데 소비하라. 프라모델 만드는 것을 좋아한다면 그것을 조립하는 데 시간을 쓰고, 피아노 연주하는 것을 좋아한다면 최선을 다해 연습해보자. 소설책 읽기를 좋아하면 그 속에 빠져들어도 좋고, 영화 보기를 좋아한다면 영화 한 편으로 주인공인 마냥 몰입을 해보자. 내가 좋아하는 일을 하면서 시간을 보내면 그것을 달성하고 난 후의 뿌듯함을 이루 말할 수 없다. 내가 나의 꿈을 향해 한 걸음 가까이 갔다는 느낌은 어떤 시간과도 바꿀 수 없을 만큼 소중하다. 오늘 너의 꿈을 향해 전진하라. 가까이 가라. 오늘 하루를 쌓아서 결국엔 자신이 꿈꾸는 날에 도달하도록 하자. 이 글을 읽는 독자의 하루를 누구보다 응원한다.

필자가 강조하는 부분은 하루를 알차게 보내라는 것이다. 오늘 하루를 나의 흥미와 재능으로 채워서 나의 꿈에 한 걸음 더 가까이 가는 날이 되게 하라는 것이다.

1 ㅣ 꿈의 성취를 방해하고 학습을 막는 가장 큰 유혹 거리는 무엇인가요?
(3가지만 적어봅시다.

_____

_____

_____

2 ㅣ 1번을 극복하기 위해 스스로 해야 하고 할 방법은 무엇인가요?

_____

_____

_____

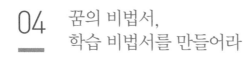

04 꿈의 비법서, 학습 비법서를 만들어라

"느닷없이 떠오르는 생각이 가장 귀중한 것이며, 보관해야 할 가치가 있는 것이다. 메모하는 습관을 갖자."

-베이컨-

　많은 아이가 공부를 하려고 책상에 앉으면 봐야 할 것이 너무 많다고 푸념한다. 학교 교과서, 참고서, 문제집, 과목 노트, 프린트물, 학원교재, 시험 정리, 요약정리, 빌려온 노트, 기출문제 등 한 과목만 보려고 해도 책상에 관련 교재만 엄청나게 쌓인다. 만약 독서실로 가서 공부하고자 하면 마침 또 봐야 할 교재는 집에 있고 집에서 하려고 하면 또 다른 유혹 거리 때문에 집중할 수 없다고 하소연한다. 필자가 고등학교 다닐 때는 야간자율 학습을 했는데 학교 독서실에서 따로 공부했다. 급식 시설이 없었던 때라 도시락은 두 개를 들고 등교를 했고 가방은 각종 교재로 가득했다. 그래도 막상 공부하려고 하면 꼭 그 교재가 없어서 아쉽다고 핑계를 대곤 했던 기억이 난다.

공부나 일을 할 때 무조건 열심히 하는 것만큼 위험하고 비효율적인 것은 없다. 한창 시험 직전에 한 문제라도 더 맞히려고 교실 앞 복도에 서서 교재를 보고 있는데 시험 범위가 아닌 부분을 엄청 밑줄을 치며 공부를 한다면? 시험은 보나마나다. 앞서도 이야기를 했지만, 시험은 시험문제가 어디서 출제되는지를 알아야 정확하게 답을 맞힐 수가 있다. 보통 공부를 얼마나 잘하는지 측정하기 위한 도구로 시험이란 제도가 있다. 시험은 대표적으로 내신 성적에 들어가는 중간고사, 기말고사가 있고 내신에는 안 들어가지만, 자신의 대학수학능력시험에 대한 준비를 측정할 수 있는 모의고사가 있다. 그리고 대한민국이 출근시간도 조정하고 비행기 이·착륙 시간도 이동하며, 많은 학부모가 절이나 교회에 가서 우리 아이가 이 시험을 잘 보게 해달라고 기도를 하는 대한민국 입시 준비생들이 치르는 대학수학능력시험이 있다.

모든 시험에는 시험 범위가 있다. 만약 내신 시험인 중간고사의 시험 범위가 1단원부터 3단원까지였다면 기말고사는 그다음부터 또 배운 데까지다. 하지만 모의고사나 대학수학능력시험은 다르다. 모의고사를 만약 3월에 본다면 처음부터 3월까지 배운 부분에 대해서 평가를 하지만 6월에 모의고사를 본다면 다시 처음부터 6월까지 배운 부분에 대해서 시험을 본다. 그러니까 대학수학능력시험은 시험 범위가 계속 누적되어서 처음부터 배운 데까지 되는 것이다. 신기하게 대학수학능력시험은 중학생도 풀 수 있는 문제가 있다. 그 이유는 그 부분도 시험 범위에 포함이 되기 때문이다. 그런데 잘 한번 살펴보자. 국사를 예로 들어서 설명하면 국사의 첫 시작은 구석기 시대, 신석기 시대의 내용을 다루는데 이것은 중학교 국사나 고등학교 국사나 다 똑같다. 그러니 중학교 때 기본이 탄탄하다면 고등학교 때는 좀 더 깊이 있게 공부를 한다는 것이다. 중학교 때 자신이 공부했던 교재 등이 있다면 고등학교 때 도움이 된다는 이야기이다.

어떤 일이든 어떤 공부든 효율성이 중요하다. 그래서 공부를 효과적으로 효율성을 높일 공부법에 대해 알아보고자 한다.

그것은 "나만의 교과서를 만들어라."이다. 식당이든 음식점이든 비법이 있다고 했다. 그것을 기록으로 만든 것이 비법서인데 그 집만의 맛을 내는 노하우와 양념 만드는 법, 음식 재료 고르는 법, 조리하는 시간 등 모든 것이 담겨있다고 해도 과언이 아니다. 공부도 마찬가지이다. 과목별로 자신만의 학습 비법서를 만들어서 가지는 것이다.

「처음에 공부할 땐 교과서에, 나중엔 과목별 요약 노트에 필기 내용을 정리하는 것이 옳다. 수업에 집중하면서 중요한 내용을 교과서에 적어 한 권으로 압축한다. 나중에 복습하면서 핵심을 파악하고 배운 내용을 구조화할 수 있게 되면 그때 핵심정리 노트를 만든다. 이병훈 부사장은 "학교 시험이나 수능 시험 등을 앞두고 중요한 내용을 되짚으려면 필기 단권화와 핵심 요약정리가 꼭 필요하다. 특히 고등학교 탐구영역 과목(사회·과학)은 이를 잘해야 고3을 대비할 수 있다."라고 강조했다.」 (조선일보 2012.02.06)

「최상위권 학생들은 시험공부에 가장 도움 되는 방법으로 '단권화' 작업을 꼽는다. 단권화란 학교나 학원, 인터넷 강의 등에서 배운 내용과 오답 등을 손수 한 곳에 정리해 '나만의 참고서' 형태로 만드는 작업을 일컫는다. 서울대 생명과학부에 입학한 김진수 군은 "한 권의 노트에 정리해 두면 들고 다니며 틈틈이 볼 수 있어 효과적이죠."라고 했다. "정리를 계속하다 보면 어느 순간 똑같은 내용이 반복적으로 기록된다는 걸 알게 돼요. 그게 바로 중요한데 어렵게 느껴지는 부분이죠. 이런 부분을 집중적으로 보며 약점을 극복했어요."」 (조선일보 2010.03.25)

앞서 이야기한 것처럼 공부하려면 봐야 할 교재도 너무 많고 대학수학능력시험의 시험 범위는 너무 많고 길다.

단권화의 이점은 **첫째,** 단권화를 하면서 요점정리와 복습이 함께 된다는 점이다. 중요한 내용을 추려내면서 그것을 요약정리하면서 적는 작업을 하면서 한 번 더 보게 되고 수업 중 내용을 다시 상기할 수 있어 익히는 데 효과가 있다.

둘째, 공부의 장소가 바뀌어도 자신만의 교과서만 있다면 교재는 충분하다. 학교에서 배운 내용도 정리가 되어있고 학원에서 배운 내용, 인터넷 강의 등을 통해 배운 내용이 추가되는 등 내용을 모아두면 다른 교재는 더 필요치 않게 된다. 집에서도, 학교에서도, 학원에서도, 독서실에서도 볼 수 있다. 자신만의 교과서가 메인 교재가 되고 여기에 중요한 내용, 핵심 내용, 자신의 질문거리, 오답 등도 담는다면 세상 어디에도 없는 자신만의 학습 비법서가 된다. 이것으로 시험을 대비하면 효과적이다.

셋째, 시험 전에 정리된 것을 볼 수 있어 효과적이다. 시험 전날이나 다음 시험 전 쉬는 시간 등에 그날 본 시험을 오답 정리하거나 본 시험에 대해 채점을 하느라 시간을 보내는 과오는 범하지 말라. 본 시험은 어차피 채점하든 오답을 정리하든 결과는 바뀌지 않는다. 시험에 대한 분석은 시험을 치른 다음에 하고 시험 중에는 오로지 다음에 볼 시험 준비에만 집중한다. 이 준비를 하는 짧은 시간에도 자신만의 교과서를 보면서 자신이 공부한 내용을 머릿속으로 정리를 한다면 큰 도움이 된다.

메모의 기술 Ⅱ(2004, 해바라기)에 나오는 이니시스 대표인 이금룡 선생님은 스크랩을 엄청나게 했다. 삼성물산에 다닐 때 경제를 잘 알기 위해 스크랩을 했는데 그 수가 수백 권에 달한다. 스크랩하면서 동시에 공부를 할 수 있었고, 또 그것은 상식을 풍부하게 해주며 간접체험을 가능하게 해주었다. "스크랩하면서 다양한 정보를 축적했고 이를 복기(다시 살펴봄)하면서 경제, 국제정치, 국제경제에 대한 통찰력을 높였다." 이른바 바둑을 다 둔 후에 어떤 과정을 거쳐 승부가 가려졌는지 검토하기 위해 처음부터 차례대로 다시 벌여놓는 복기와 같은 역할을 해준다. 다시 보면서 분석하고 진행의 방향을 예측하게 되고 진행되지 않았다면 그 이유에 대해서도 분석했다. 그는 메모와 스크랩을 통해 앞을 내다보는 통찰력을 키우고 자기 생각을 정리하는 데 큰 도움이 되었다고 말한다.

자신의 꿈과 비전에 대한 내용을 찾고 살피면서 계속해서 관련된 내용을 축적하자. 자신이 관심있는 부분와 분야에 대한 것을 기사, 방송, 책, 잡지, 인터넷 방송 등에서 모아 자신만의 꿈의 비법서를 만들자. 학습에 대해선 자신만의 교과서, 학습 비법서를 통해 각종 시험을 대비하고 공부를 하자. 무엇부터 봐야 할지, 시작해야 할지 모를 때 나만의 교과서 만들기부터 시작하고 지금부터 내용을 덧붙여서 축적해 나가자. 교과서 내용을 배우면서 그것을 확실하게 알게 해준 참고서 내용도, 문제집을 풀면서 자주 틀렸던 함정의 부분도, 학원에서 알게 된 꿀팁도 자신만의 언어로 기록하여 자신만의 교과서(시중에 문구점에서 파는 3공 바인더를 추천한다. 내용을 추가하기에 쉽기 때문이다.)를 만들어라. 공부할 때 효율성은 높아지고 대단히 큰 효과를 보게 될 것이다.

1 | **자신이 학습할 때 기록을 어디에 하고 있는지 적어보세요.** (교과서, 노트, 참고서 등)

_____

_____

_____

_____

2 | **어디에 무엇을 적었는지 기억이 안 나거나 흩어져 있던 필기와 기록들을 모으는 데 애를 쓴 적이 있다면 그 경험과 느낌을 적어봅시다.**

_____

_____

_____

_____

3 | **가장 효과적인 나만의 교과서를 만들기 위한 준비물을 모두 적어봅시다.**

_____

_____

_____

_____

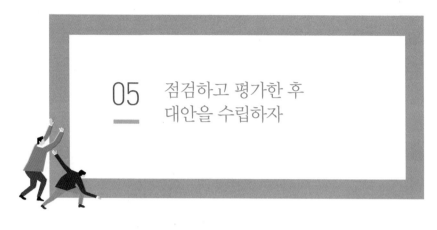

05 점검하고 평가한 후
대안을 수립하자

"만일 내게 나무를 베기 위해 한 시간만 주어진다면, 우선 나는 도끼를 가는데 45분을 쓸 것이다."

-에이브러햄 링컨-

많은 어른도 여러 가지 고민을 하는데 그중 하나가 "난 열심히 일하면서 사는데 생활이 왜 나아지지 않는가?" 라는 고민이 있다. 언젠가는 삶의 질이 '나아지겠지' 라는 막연한 생각을 가지고 열심히 한다. 필자가 만난 아이 중에도 열심히 공부하는 아이들이 있다. 그런데 안타깝게도 성적이나 결과물이 노력한 만큼 나오지 않는 아이들도 있다. 고등학교 1학년의 동재(가명)는 한번은 크게 마음을 먹고 시험공부를 했다. 가장 눈에 띄는 노력의 흔적은 과목별로 문제집을 7권씩 풀었다는 것이다. 엄마가 더 사주지도 않을 만큼 문제집을 풀었는데 시험 성적은 평균 70점대였다. 그 이유는 그냥 무턱대고 문제집만 풀었기 때문이다. 중간마다 내가 잘하는 중인지, 못하고 있는지 점검을 한 번이라도 했다면 문제집을 7권까지 풀 이유도 없을뿐더러 점수 또한 그렇게 나오지 않았을 것이다.

어른들이 아이들에게 하는 덕담 아닌 덕담이 있다. 그건 바로 "공부 열심히 해라."이다. 일이든 공부든 무조건 열심히 하는 것은 위험하다. 방향과 방법이 제대로 되어있어야 한다. 목적지가 A인데 열심히 땀 흘리며 이동해서 도착한 곳이 B라면 시간도 에너지도 낭비만 하게 될 것이다. 보통 고등학교 3학년이나 시험 직전에는 아이들이 다른 말을 하지 않아도 공부를 열심히 한다. 고등학교 3학년 때는 대학수학능력시험이 다가올수록 잠을 쪼개서라도 공부를 한다. 하지만 내가 정말 잘하고 있는지, 효과적으로 하고 있는지는 확인할 여유가 없다. 대부분 점검할 시간에 하나라도 더 공부해야겠다는 마음이 있기 때문이다. 이렇게 무작정 하는 공부는 효과적인지 효율적인지 알 수가 없다.

게임을 하거나 운동 경기에서도 경험하거나 볼 수 있다. 친구와 축구 게임을 한다고 해보자. 친구는 브라질을 선택하고 나는 독일을 선택하고 게임을 한다고 해보자. 막상 시작한 후 게임이 잘 안되거나 지고 있다면 잠깐 멈춘다. 또는 전반전이 끝난 후 여러 가지 변형을 한다. 컨디션이 안 좋은 선수를 교체하거나, 전술 포메이션을 바꾸거나, 잘되는 선수를 좀 더 중요한 자리에 배치해서 다시 게임을 시작한다. 이렇게 하는 것이 부족한 점은 보완하고 장점은 살리는 아주 단적인 예다. 그냥 그저 열심히만 했다면 그 게임은 졌을 것이다.

대한민국 사람들은 뉴스를 보면서 '이것은 이게 문제고, 저것은 저게 문제다.'라는 비판과 판단은 엄청나게 잘한다. 하지만 그 이상은 없다. 어떻게 하면 그것을 개선할 수 있는지에 대한 구체적인 대안과 방법은 잘 제시하지 못한다. 뉴스를 보아도 시선을 끌 수 있는 제목과 내용만 있을 뿐 그 이후에는 어떻게 해결이 되고 어떤 방법으로 그 문제가 풀렸는지는 잘 나오지 않는다.

서점에 가면 "나는 이렇게 공부를 해서 아이비리그에 갔다.", "하버드 대학교에 입학했다.", "수능 1등급을 받았다.", "내신 1등급을 받았다.", "이렇게 공부를 해서 성적이 올랐다."라는 노하우와 팁이 쓰인 책이 엄청 많다. 그런데 그것이 내가 무조건 시도한다고 해서 나의 성적이 오를지는 의문이다. A를 따라 해 봤는데 그다지 효과를 못 보고 B의 책을 보고 시도해보고, 이러다 보니 시간은 가고 효율은 안 오르는 경우가 많다. 우리에게 무엇보다 중요한 것은 자신의 현 상태를 점검하고 대안을 수립해서 자신만의 노하우를 정립하는 것이다.

노래를 잘하고 싶은 사람은 노래를 열심히만 부른다고 노래를 잘하게 되지 않는다. 체중을 감량하고자 할 때도 무조건 열심히 운동만 한다고 해서 살이 빠지고 근육이 생기지 않는다. 우리는 이를 잘 알고 있다. 하지만 공부만큼은 시험 성적이든 어떤 결과를 받게 되면 '다음엔 더 열심히 해야지.'라고 다짐과 굳은 의지로 그치는 경우가 많다. '잠을 쪼개서 더 열심히 하겠다.' 정도로 그치는 경우가 많다.

SBS K-POP 스타라는 프로그램을 본 적이 있다. 세 명의 심사위원이 평가를 한다. "발성이 어떻고, 호흡이 어떻고, 노래 선곡이 어떻다.", "이런 부분을 고친다면 다음에 더 나은 결과를 받을 수 있을 것이다."라는 평가를 받은 후 다음 심사 때 "지난번에 이야기한 부분을 완벽하게 고치고 나왔어요. 보완이 잘 되었어요."라는 평가를 받게 되는 참가자들이 있다. 이렇게 된 것은 평가를 받은 부분에 대해서 잘못된 부분을 보완하고 잘한 부분은 더욱 키워왔기 때문이다. 이 오디션 프로그램에 참가했던 우예린 양은 처음에 자작곡으로 출전했는데 심사위원들이 실력자인지, 실력자가 아닌지, 애매하게 느꼈다. 그래서 와일드카드로 다음 라운드로 진출했다. '음악은 잘하지만, 이것이 K-POP 스타라는 프로그램에 맞을까?', '과연 대중에게 인정을 받을 수 있을까?' 한 번 더 보자는 마음으로 다음 라운드에 진출했는데 TOP8을 선발하는 무대에서는 박진영, 유희열, 양현석 3명 모두에게 극찬을 받았다. "이런 대중적인 매력과 코드를 가지고 있는 줄 몰랐다.", "매력적이고 무대를 장악했다." 라는 평가를 받았다.

이순신 장군은 난중일기가 있어 위대한 위인이 되었다고 해도 과언이 아니다. 어떻게 그는 무패(無敗)와 전승(全勝)의 장군이 되었을까? 임진년부터 7년간 쓴 이 일기에는 전사하기 한 달 전까지 전쟁 상황과 전투기록뿐만 아니라 인간적인 고뇌와 일상도, 자신의 심경과 감정 상태도 다 기록이 되어있다. 그는 전쟁 중에도 그 기록을 멈추지 않았다. 싸워서 이길 수밖에 없는 전략과 전술도 있다. 이겨야 하는 의지와 나라를 위한 충성심과 전투에 임하는 군인정신을 되새기며 기록했다. 이 난중일기의 기록이 이순신 장군을 증언했기에 그를 더욱 위대한 위인으로 칭한다.

구체적으로 어떤 부분을 점검하고 평가하며 대안을 수립하는지 알아보자.

첫째, 실제 '습' 한 시간을 점검한다. 본인이 요일별 공부를 스스로 하는 시간을 정했다면 그것을 얼마나 지켰는지 양적으로 평가하는 것이다. 월요일 3시간이라면 3시간을 달성했는지 그날그날 평가한다.

둘째, 달성했다면 느낌과 생각을 적고, 달성하지 못했다면 그 이유를 고민하고 찾고 그것의 원인을 분석한다.

셋째, 달성한 점, 잘된 점, 좋았던 점에 대해서는 긍정으로 평가하고 실패하고 달성하지 못한 부분에 대해서는 똑같이 반복하지 않으려면 어떻게 해야 할지 대안을 수립한다. 이 모든 사항은 기록해서 남긴다. 머릿속으로만 생각하고 노트나 플래너에 남기지 않는다면 똑같은 실수를 반복하거나 잘한 부분에 대해서도 기억하지 못하게 된다.

공부하면서 또는 지내는 동안에 여러 가지 변수가 있을 수 있다. 그래서 자신이 정한 바를 지키지 못할 수도 있다. 하지만 목표를 정하고 그것의 실천 여부에 대해 평가하며 대안을 수립한다면 날마다 발전하여 하루하루가 똑같다고 푸념하지 않을 것이다.

공부도 일도 그 결과에 대해 반성으로만 그치는 것은 곤란하다. '이렇게 하면 안 되겠다.' 라는 부정적인 반성도 '이번엔 잘했다. 만족해.' 라는 평가도 이것만으로는 부족하다. 이런 점검으로는 결코 더 나아질 수 없다. 발전할 수 없다. 어제와 다른 오늘을 살 수 없다. 오늘보다 내일은 더 나아야 하고 모레는 내일보다 꿈에 더 가까이 가는 하루가 되어야 한다. 그러기 위해서는 점검하고, 평가한 후 분석하여 대안을 수립하여 또 그것을 새롭게 적용한다. 자신의 실천 여부, 목표 성취의 여부를 살펴보라. 기록해서 달성한 부분에 대해서는 더 나은 목표를 상향 조정해서 또 정하고 세운다. 방법을 더욱 구체화한다. 나아가 지속적인 성장을 이루어 오늘은 어제보다 한 뼘 더 자신의 롤모델을 닮아가고 한 걸음 더 비전에 가까이 가는 하루를 만들어 채워가길 바란다.

빅터 위고는 "매일 아침 하루의 일과를 계획하고 그 계획을 실행하는 사람은, 극도로 바쁜 미로 같은 삶 속에서 그를 안내할 한 올의 실을 지니고 있다. 그러나 계획이 서 있지 않고 단순히 우발적으로 시간을 사용하게 된다면, 곧 무질서가 삶을 지배할 것이다."라고 말했다. 꼭 기억하자. 도달하고 달성해야 할 목적지를 정하고 그곳으로 방향을 정한 후 열심히라는 의지와 행동이 합쳐지는 것이 매우 중요하다.

생각하기 그리고 실천하기

1 | 어떤 일을 할 때 반성과 후회만 있고, 비판만 있으면 어떻게 될지 적어봅시다.

_____

_____

_____

_____

2 | 열심히만 해서 결과가 안 좋았던 경험이 있다면 무엇인지 적어봅시다.

_____

_____

_____

_____

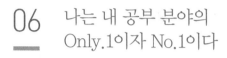

06 나는 내 공부 분야의 Only.1이자 No.1이다

"완벽함이 아니라 탁월함을 위해서 애써라."

—H. 잭슨 브라운 주니어—

"1927년 대서양 최초 횡단 비행을 한 린드버그, 1876년 최초의 전화 발명 알렉산더 그레헴 벨, 1969년 인류 최초의 달 착륙 닐 암스트롱, 역사는 1등만을 기억합니다. 세계 인류 삼성" 필자가 학창시절에 보았던 TV의 광고다. 세상의 사람들은 1등만 기억하고 그 1등이 삼성이라고 어필하는 광고이다. 좀 더 많은 사실을 살펴보면 인류 최초로 달에 착륙한 우주인은 닐 암스트롱이지만 우리가 자주 접한 달에 찍힌 발자국은 같이 갔던 우주비행사 버즈 올드린의 발자국이다. 인류 최초의 우주인은 유리 가가린이지만 그는 1961년 4월 12일에 1시간 29분 비행을 했고 같은 해 8월 6일에 게르만 티토프는 지구를 17회 돌면서 25시간이나 비행을 했다. 하지만 사람들은 유리 가가린을 기억하고 게르만 티토프는 잘 모른다. 앞서 말한 광고는 「세상을 움직이는 100가지 법칙」(이영학 저, 스마트 비지니스)의 책에서 나온 '넘버원의 법칙'과 연관해서 볼 수 있다. 즉, 사람들은 '먼저', '1등', '첫 번째' 등을 기억한다는 것이다.

하지만 모든 학생이 입시를 준비하는데, 지금 하는 공부에서 모두 1등을 할 수는 없다. 그리고 아이러니하게 각 학교에서, 동네에서 공부를 제일 잘한다는 아이들이 모인 서울대학교에서도 카이스트 대학에서도 성적을 비관해서 자살하는 학생들이 있다. 현재 내가 있는 곳에서 1등이라 하더라도 좀 더 다양하고 넓은 장(場)으로 간다면 그 1등은 언제든지 바뀔 수 있다. 그러므로 등수가 바뀐다고 해도 좌절하지 말자. 모두가 No.1이 될 수 없다는 사실과 또 그렇게 될 필요가 없다는 사실을 인지하자. 다만 내가 원하는 분야에서 Only.1은 되도록 하자.

No.1의 1은 than~, the most 즉 경쟁에서 이겨서 비교의 대상보다 더 위에, 최고의 자리에 올라간다는 것이고, Only.1의 1은 different로 남과 다른, 대체불가의 개념이다. No.1의 기준은 세상에서 정한 기준이 평가의 기준이다. 하지만 Only.1은 나 자신이 기준이다. 최고가 아니라 유일함을 추구해야 한다. 자기만의 특별함으로 세상에 나아가고 승부를 걸어보자. 어차피 모든 사람이 1등이 될 수는 없다.

SBS 공채 5기 개그맨 오종철은 개그콘서트 같은 개그 프로그램에 나오지 않는다. 그는 세바시 MC로 활동하고 있으며 SBS 아침 프로그램에서 15년째 리포터로 활동한다. 그는 300 대 1의 경쟁률을 뚫고 개그맨이 되었지만 '사람들을 웃기는 사람' 인 개그맨에서 '세상에 웃을 일을 만드는 사람' 이라는 자신만의 모토로 '소통테이너' 라는 직업을 만들고 그 직업의 1호가 되었다. 토크콘서트를 하고 수익금과 후원을 받아 암 환우들의 가발을 만드는 데 지원을 한다. 이러한 일을 통해 「온리원」이란 책을 펴냈고 강연을 하고 활동을 한다.

의사이면서 웰트㈜의 강성지 대표는 의사 출신으로서 삼성전자에서 근무하다가 웨어러블 기기 회사까지 창업한 독특한 사람이다. 강 대표는 2014년 삼성전자 사내 벤처 프로그램 경영에서 복부비만을 관리하는 스마트벨트 '웰트(WELT)' 로 우승해 회사를 분할했다. 그는 "의료와 IT의 융합이 필요한 분야에 어느 순간 서 있는 나 자신을 발견했다. 남이 가지 않은 길을 갈 때가 아니라, 남이 가는 길을 똑같이 갈 때가 두렵다. 본인이 대체될 수 있는 사람이 되어가는 게 싫다. 항상 '넘버원(No.1)' 보다는 '온리원(Only.1)' 이 되는 걸 추구한다. Only.1은 주로 한 분야와 다른 분야가 만나는 지점에서 생긴다."고 설명한다. "여러 분야의 경험이 필요하다. 남이 가지 않은 길을 지나온 경력이 도움이 되는 순간이다. 남들과 같은 길을 간다면 마음이 편하긴 하겠지만, 그게 항상 안전한 것만은 아니다.

다른 길이 막연하게 위험하다고 생각해 거부감을 느끼지 말고 좀 더 의연하게 도전해보면 좋겠다. 또한, 의사는 '사람을 치료하는 직업' 이 아니라, '몸에 대해 가장 잘 아는 사람' 이다. 이렇게 정의하면 할 수 있는 분야가 무궁무진하다. 딴짓을 해보기 가장 좋은 직업이 바로 의사이다."라고 어필한다. (MEDIGATENEWS (딴짓 10) 인터뷰 2016.12.16)

  땡큐테이너 민진홍, 그는 평범한 직장인이었고 두산중공업을 다녔다. 장난감 관련 사업과 키즈카페 매장을 여러 곳 운영을 하면서 돈도 많이 벌었지만, 돈만 보고 살아오다가 갑자기 사업이 기울자 자살을 시도하기도 했다. 그런 역경을 이겨내고 그는 감사를 콘텐츠로 프로그램을 만들어 사업을 하기 시작했다. 자기 계발 강사가 된 그는 '21일 감사일지'를 바탕으로 감사하면 생활이 변화한다는 땡큐테이너로 활동한다.

  대한민국 1호 책 쓰기 코치인 인포플래너 송숙희, 앞서 밝힌 소통테이너 오종철(사람들을 웃기는 사람 대신 세상에 웃을 일을 만드는 사람), 곤충연구가(버섯에 사는 곤충만 연구함) 한국의 파브르인 전부희, MBC 개그맨이었지만 책을 읽고 책의 유익에 대해 전파하며 강연을 하러 다니는 고명환 등 모두가 No.1이 아닌 Only.1의 길을 개척해 낸 사람들이다.

올림픽 육상 종목 중 높이뛰기라는 종목이 있다. 도움닫기 후 점프를 해서 바를 넘어 가장 높은 바를 넘는 기록을 측정하는 종목인데 처음에는 거의 모든 선수가 가위뛰기(다리를 한 다리씩 교차로 해서 넘는 방식)로 바를 넘었다. 하지만 1968년 멕시코시티 올림픽 때 미국의 딕 포스베리라는 선수가 '배면뛰기'를 선보인다. 배면뛰기는 우리가 잘 아는 도움닫기 후 바를 등으로 해서 넘는 방식이다. 처음에 이 방식을 본 사람들은 결코 높이 뛸 수 없는 방식이라고 평가했고 비웃는 사람들도 있었다. 하지만 딕 포스베리는 배면뛰기로 우승을 했고 지금은 모든 높이뛰기 선수가 배면뛰기로 바를 넘는다. 배면뛰기가 높이뛰기의 정석이 되었다.

누가 '여행을 통해서 시야를 넓히고 꿈을 찾게 되었다.'라고 하여 '나도 여행을 가야겠다.'든지 누가 어학연수를 가니까 나도 어학연수, 누가 이런 자격증을 따던데 나도 이번에 그 자격증을 따볼까라는 접근은 지양하라. 본인만의 탁월함을 드러낼 수 있는 곳과 자리가 어디인지 직·간접 경험으로 찾고 자신을 위해 진지하게 사고(思考)하라. 지금 희귀하고 특별해 보이는 직업이나 분야도 얼마 지나지 않아 흔해지거나 평범해질 수 있다.

필자가 10여 년 자기주도학습이라는 주제를 알고 교육컨설턴트라는 직업을 시작했을 때는 주위에서 '그게 뭐 하는 직업이야? 무슨 일을 해?' 라고 물어보았지만, 이제는 아파트 앞 상가에서도 자기주도학습관이라는 곳을 찾아볼 수 있고 유튜브에서도 자신을 '자기주도학습가' 라고 하는 사람들도 매우 많아졌다. 자격증 과정도 생겨났다. 그래서 필자도 지금 계속 공부를 하고 연구를 하며 접점을 찾고 적용을 해보려고 한다.

내 분야에서 최고가 되려고 하기보다는, 내 분야에서 유일한 사람이 되기 위해 노력해야 한다. 자신만의 분야의 Only.1이 결국 No.1이다. 이 책의 독자 모두가 자신만의 분야에서 Only.1이 되고 결국 그 분야에서 No.1이 되길 힘껏 응원하고 간절히 소망한다.

1 | 나의 꿈은 무엇인가요? 하고 싶은 것, 되고 싶은 것, 경험해 보고
싶은 것 모두를 적어보세요.

_____

_____

_____

_____

2 | 자신만의 롤 모델이 있나요? 누구이며 그 이유는 무엇인가요?

_____

_____

_____

_____

3 | 자신이 원하는 분야에서 Only 1이자 No.1이 되기 위해 가장 필요한
것은 무엇일까요?

_____

_____

_____

_____

이 책의 독자 모두가 자신만의 분야에서
Only 1이 되고 결국 그 분야에서 No.1이 되길
힘껏 응원하고 간절히 소망한다.

"이 책의 모든 독자가 겪을 배움과 익힘의 과정이
행복하고 즐겁기를 간절히 꿈꾼다"

대한민국에서 특히 공부에 관해 다양한 아이들을 만났다. 공부를 잘 못하는 아이, 공부를 잘하지만 공부하기를 싫어하는 아이, 평소에는 공부를 안 하고 시험 전에만 몰아서 하는 아이, 공부를 못하지만 잘하고 싶어 하는 아이, 열심히 하는데 마음만큼 성과가 나지 않는 아이, 공부에 대해 자신감이 없는 아이, 지금 할 공부를 미루는 아이, 숙제만 하면 공부가 끝났다고 생각하는 아이, 학교와 학원에 다닌다고 공부를 많이 했다고 생각하는 아이, 대학교만 가면 공부는 끝이라고 생각하는 아이 등 정말 다양한 아이들을 만났고 가르쳤으며 이야기를 들었고 그 아이들 머리와 마음속에 있는 생각들을 끄집어내기 위해 귀를 열었고 안간힘을 썼다.

공부는 내가 살아있는 동안 계속해야 한다. 공부가 끝나는 시간은 나의 호흡이 멈추는 순간이다. 끊임없이 배우고 그 배운 것을 나의 것으로 만들기 위해 부단히 애쓰고 노력해야 한다. 무엇인가 배운 것이 있다면 그것을 내 것으로 소화를 시켜 자신만의 언어로 다른 누군가에게 설명할 수 있는 단계에 이르자. 내가 찾은 잘하고 좋아하는 것을, 더욱더 잘하게 되고 좋아할 수 있도록 시간을 갖고 또 시도하라.

이 책을 다 읽었다면 자신이 해야 하는 공부와 내가 좋아하고 잘할 수 있는 분야의 공부를 분별할 줄 아는 지혜가 생기길 응원한다. 또 나아가 이것들을 모두 효과적으로 할 수 있게 자세히 바라보는 이성의 눈이 열리고 감성에는 의지가 생기며 몸으로는 행동으로 옮길 수 있는 노하우가 체득되길 바란다.

살면서 반드시 경험해야 할 두 가지 감정의 경험이 있다. 하나는 참고 인내하여 마침내 목표를 이루고 성과를 내어 얻게 되는 성취감이고, 두 번째는 자신이 좋아하고 잘하는 바를 하면서 그것이 더욱 성장하게 될 때 생기는 만족감과 행복감을 느끼는 기쁨, 희열이 바로 그것이다. 공부는 이 두 가지 모두를 가져다준다. 그런데 나는 아이들이 공부로 인해 후자를 더 많이 경험하길 원한다. 공부를 통해 성취감도 얻지만 무작정 참고 견디어 내어 달성 후 뒤조차 돌아보지 않는 것이 아니라 순간마다 앎으로서 생기는 희열과 짜릿짜릿한 지적 상쾌함을 느끼길 바란다. 그래서 아이들이 그다음에 배우고 익힐 것은 무엇인지 호기심을 갖게 되고 '무엇을 더 알게 될까?' 라는 기대를 하게 되길 바란다. 그렇게 되어서 공부를 끊임없이 하고 배우고 익히는 과정이 삶 전체에 이어지는 것을 말이다.

아이들 스스로가 자신을 사랑하며, 자신이 특별하고 소중한 존재라고 생각한다는 것을 믿고 지지한다. 이 세상에서 그들만이 이룰 수 있는 어느 한 분야가 존재하며 어둠을 밝힐 수 있는 빛이 되는 존재임을 잊지 않겠다. 그리고 그것을 충분히 할 수 있다고 격려하며 응원한다.

이 책 한 권이 아르키메데스가 목욕 중에 '유레카' 라고 하며 깨달음을 얻어 탕에서 나온 것 같은 바를 전했다면 더할 나위 없겠지만 그러기엔 모자라고 부족함이 있는 책이다. 그러나 꼴찌의 아이들도 생각하고 실천할 수 있는 내용으로 담았다. 그리고 1등도 해야 하는 공부법과 내용으로 썼다. 아무쪼록 모두가 왜 공부를 해야 하는지 스스로 깨닫고 어떻게 공부를 하면 즐겁게 잘할 수 있는지에 대해 전달된 바가 있다면 좋겠다. 이 책의 모든 독자가 겪을 배움과 익힘의 과정이 행복하고 즐겁기를 간절히 꿈꾼다.

참고문헌 | References

01. 완벽한 공부법 / 고영성 · 신영준 _ 로크미디어

02. 플래닝 / 고봉익 _ 씨앗을 뿌리는 사람

03. 성공하는 사람들의 7가지 습관 / 스티븐 코비 _ 김영사

04. 공부하는 인간 / KBS 공부하는 인간 제작팀 _ 예담

05. 늘 급한 일로 쫓기는 삶 / 찰스 험멜 _ IVP

06. 50년 후의 약속 / 이원설 _ 한얼

07. 좋은생각 2019. 10월 호 _ 좋은생각

08. 세상을 움직이는 100가지 법칙 / 이영학 _ 스마트 비지니스

09. 메모의 기술 Ⅱ / 최효찬 _ 해바라기

10. 최고가 되려면 최고를 만나라 / 최상태 _ 쌤앤파커스

11. 좋은생각 2019. 11월 호 _ 좋은생각

12. 공부 잘하고 싶으면 학원부터 그만둬라 / 이병훈 _ 한스미디어

13. 하루 15분 정리의 힘 / 윤선현 _ 위즈덤 하우스

14. 침대부터 정리하라 / 윌리엄 H 맥레이븐 _ 열린책들

01. 공부의 왕도 『김대회 학생』, 『유호선 학생』 / EBS

02. 공부의 달인 『서상훈 학생』 / EBS

03. 지식 e 채널 『왜 공부하냐고요?』, 『그들이 공부하는 이유?』 / EBS

04. 드라마 『여왕의 교실』 / MBC

05. 생활의 달인 『떡볶이의 달인』 / SBS

06. 『추석특집 공부의 제왕』 / MBC

07. 세바시 『김석규』 / KBS1

08. 롤러코스터 『부모 · 자식 탐구생활 자녀교육 편』 / tvN

09. K-POP 스타 / SBS

10. 공부의 신 강성태 / Youtube

11. 체인지 그라운드 / Youtube

12. 열다섯 살 꿈의 교실 / MBC

13. 우리는 대학에 왜 가는가 5부 말문을 터라 / EBS

14. 단박 인터뷰 / KBS1

이 책을 다 읽었다면
자신이 해야 하는 공부와
내가 좋아하고 잘할 수 있는 분야의
공부를 분별할 줄 아는
지혜가 생기길 응원한다.